새벽길

황금알 시인선 217

새벽길

초판발행일 | 2020년 8월 31일

지은이 | 강홍수
펴낸곳 | 도서출판 황금알
펴낸이 | 金永馥
선정위원 | 김영승 · 마종기 · 유안진 · 이수익
주간 | 김영탁
편집실장 | 조경숙
표지디자인 | 칼라박스
주소 | 03088 서울시 종로구 이화장2길 29-3, 104호(동숭동)
전화 | 02)2275-9171
팩스 | 02)2275-9172
이메일 | tibet21@hanmail.net
홈페이지 | http://goldegg21.com
출판등록 | 2003년 03월 26일(제300-2003-230호)

새벽길

강흥수 시집

황금알

권두시

— 고뇌

참나무 잎사귀처럼 싱그러운 시를

살아생전 어찌하면 쓸 수 있을까

동네 한 바퀴 거닐면서

칸트처럼 골똘히 생각에 잠겨 봐도

햇살 받으며 노자처럼 명상에 잠겨 봐도

내리꽂히는 영감 한 조각 없는 나날들

후회 없는 생애를 영위하는 것이 어렵듯이

시가 곧 인생이라서

좋은 시를 쓴다는 것은 이토록 힘든 일인가

움 돋는 새싹처럼 희망이 되는

푸른 시 쓰기가 정녕코 절벽 오르기 같은 것이던가

오늘도 풀지 못한 내 인생 최대의 숙제 거리

차 례

1부

새벽길 · 10

물방울 소리 · 11

봄밤 · 12

그림자 친구 · 13

인생살이 꿈속을 걷다 · 14

잠과 죽음 · 17

꿈속의 꿈 · 18

죽음의 문 · 20

꽃상여 · 21

오한 · 22

아름다워 슬픈 꿈 · 23

가위눌림 · 24

꿈속의 고갯길 · 26

할미바위 할아비바위 · 27

용마굴 · 28

용오름 · 30

죽음이 두려운 까닭 · 31

오래된 찬란 앞에서 · 32

비바람 치는 낙화암 · 33

거룩한 본능 · 34

불안의 원천 · 35

경고 · 36

인생 화가 · 38

2부

나무를 읽다 · 40

낙엽을 밟으며 · 42

의와 고와 과와 와 · 44

색깔에 대하여 · 45

폭탄주 · 46

숙명 · 48

억새 숲에서 · 49

폭우 속에서 · 50

외양간 · 51

최성봉 · 52

외딴집 · 54

마늘처럼 고추처럼 · 55

빌딩숲 · 56

숨어버린 장미꽃에게 · 57

왕따성 · 58

땡볕 소리들 · 59

나의 길 · 60

미친개 · 61

역 태풍 · 62

바람의 하프 연주 · 63

지하철 풍경 · 64

거지 습성 · 65

첫날 · 66

3부

집 · 68

산등성이 · 71

빗물이 쓰는 문장 · 72

무화과의 여름 · 73

가을날 아침 · 74

진달래꽃 같은 시 · 75

고향 가는 길 · 76

시의 식곤증 · 78

막걸리가 장미꽃이 되다 · 79

나 홀로 노래방 · 80

설레게 하는 여자 · 81

우린 진짜거든요!!! · 82

질투 · 84

안방 모기 · 85

있으나 마나 한 남자 · 86

역행하는 여자 · 87

불쌍한 시인의 아내 · 88

참 잘했다 · 89

시어머니와 며느리 · 90

그나마 건졌네 · 91

김장하기 · 92

안방 의자 · 93

횡단보도 · 94

가슴 속 무덤 · 95

눈빛 미소 · 96

■ 해설 | 김홍진
근원 회복과 악몽을 살아내는 방식 · 98

1부

새벽길

누구였을까
가지런히 첫 발자국 찍으며 간 사람
가로등도 없는 산골
반사되는 눈의 빛에 의지하여
아득한 아침으로 앞서간 눈 같은 사람
파르르 떨리는 참나무 잎사귀 소리에
외롭지는 않았을까
소복소복 눈꽃 피운 아름드리 소나무가
포근하고 든든한 길동무였을까
백지 같은 세상에 새길 만들며 간 사람
그대였을까

물방울 소리

또옹또옹
수돗물 한 방울 한 방울
양은물통에 떨어지는 소리

투명한 물방울 따라서
청아한 봄이 오는 소리
온밤 내 사근사근 스며드는 소리

꿈 못 이루는 인생길 나그네
마음속 가야금 튕기는 소리
정든 사람 아롱다롱 떠오르는 소리

또옹또옹
겨울 문턱 갓 넘어온 봄이
부푼 희망으로 가슴 뛰는 소리

봄밤

메들리로 합창하는 개구리 소리에
둥근 달도 강강술래로 흐르는데
홀로 늙어가는 총각처럼
소쩍새는 밤새워 잠 못 이루고
멀리 떠나가 돌아올 수 없는
어린 시절 그 동무들 사무쳐
소슬히 마당을 거닐면
쏴아아 가슴을 훑고 가는 댓바람 소리

그림자 친구

오후 네 시의 긴 그림자가 발걸음을 이끌어 간다
생각해보면 저 그림자 친구가 참 고맙다
이 세상에 함께 태어난 이후
단 한 번도 나를 떠난 적이 없다
내가 웃을 땐 빙긋이 웃고
춤출 땐 덩달아 덩실거리고
주저앉아 있을 땐 옆에 앉아 마냥 기다려주고
땡볕 아래나 진흙뻘이나 잠자리에서조차
나와 늘 함께했다
빛과 호흡하면서 나를 받쳐주고
나의 가장 낮은 곳에서 불평 한마디 없이
오늘 이 순간까지 동행했다
내가 외로울수록 더욱 밀착해주던 친구
내 모든 것을 누구보다도 잘 알고 있으나
떠벌린 적이 결코 없는 입 무거운 친구다
꼭 하늘이 보내준 하늘 친구 같다
이 세상 하직할 때도 함께 떠날 친구
참 고맙다

인생살이 꿈속을 걷다

참새들이 아이들처럼 마냥 들떠 재잘거리고
길가 옆 시냇물 따라 송사리 떼 이리저리 노닐고
여기저기 민들레꽃 해맑게 웃고
담뿍담뿍 쑥 돋은 들판
풍선처럼 한껏 마음 부풀어 하염없이 가고 있었어
어디로 가는지 어떤 목적으로 가는지도 모른 채
무엇 하나 지닌 것 없이
당연한 것처럼 걷고 또 걷고 있었지
초록 들판 끝 막다른 길에 나타난
쫘악 벌린 뱀 아가리 같은 시커먼 동굴
어둠 속에 삼켜질 것만 같아 내키지는 않았지만
되돌아갈 수도 없고 진입 외엔 선택의 여지가 없었어
한 발 한 발 내디딜 때마다
수렁텅이에 빠져드는 듯한 두려움
때로는 쥐가 찍찍거리며 발등 스치며 지나가고
벽을 더듬거릴 때는 물컹한 것이 쥐어져
등줄기에 서늘한 땀이 흘러내리기도 했어
동굴 천장에서 머리 위로 툭툭 떨어지는 물방울은
폭포보다도 더 둔탁하고 차갑게 느껴졌지

적막에 에워싸인 동안은 죽음보다도 공포스러웠지
영원으로 이어질 것 같던 동굴을 통과하니
주먹 단감들이 가을 햇살을 주렁주렁 품고 있었네
음식 제공한 감나무 아래 폭신한 잎사귀 위에서
감처럼 달콤한 낮잠도 잤어
얼굴 스치는 소슬바람에 문득 깨어보니
산봉오리에는 늙은 노을이 숨 고르고 있었네
뒤쫓아 오는 밤보다 앞서 숙소 찾아 서둘러 가노라니
저승길처럼 깊이 가늠 안 되는 계곡에 놓인 줄다리
귀신들의 아우성 같은 바람은 귓구멍을 파고들고
칡넝쿨 다리는 보는 것만으로도 아찔한데
건너는 것 외엔 다른 방도가 없었지
출렁대는 줄다리를 걸음마처럼 기우뚱기우뚱 딛다 보니
다행인지 필연인지 떨어지지 않고 건너긴 건넜어
애달픈 부엉이 소리 휘감아 도는 산허리를 터벅이는데
앞을 휙휙 가로막는 눈발과 몸을 때리는 휘돌이바람
바위 디뎌 미끄러지고 뒹굴고 가시에 긁히기도 하면서
올라갔던 것보다 더 아래로 아래로 내려가노라니
푯대 깃발처럼 아득히 가물거리는 불빛

낯선 세상의 희망불이지만 목적지에 다다른 것 같아
기쁨이 분수처럼 솟구쳤어
의도하지 않았던 모험을 무사히 마쳤다는 생각에
주저앉고 싶던 다리가 참나무처럼 불끈 팽팽해졌어

잠과 죽음

진도 안 나가는 둔탁한 책과 눈싸움을 벌이다가
방바닥에 벌러덩 누웠는데 형광 불빛이 째려본다
오른팔로 눈 채양 그늘을 만들어 막다가
아예 팔을 두 눈에 올려놓아 깜깜 속에 잠기는데
문득 깜깜한 잠과 죽음이 동류일까 궁금해진다

잠은 두 눈이 감겨야 드는 것인데
흔히 잠들었다고 표현하는 두 눈 감은 죽음
그렇다면 현실보다 즐겁고 황홀하던 꿈속과 같이
저세상은 근심 없이 콧노래 흥얼거리는 천국일까
아니면 학교 숙제와 시험에 시달리는 악몽과 같이
이 세상에서 못다 한 소임 때문에
채찍 맞으며 땀투성이로 일하는 지옥일까
일정 시간이 지나면 잠은 필연코 깨어나듯이
죽음은 환생으로 연결된 영원선상의 꿈같은 것일까

죽음은 세월 따라 졸음처럼 육체에 스며들고
잠은 나날이 죽음과 친해져 닮아 가는데
아직은 깨어 움직일 때라는 듯
컹컹 개 짖는 소리 들려온다

꿈속의 꿈

꿈속에서 꿈을 꾸었어
이십 대 초반 아가씨 세 명이 장난을 치고 있었는데
갑자기 한 아가씨가 곡식 가늠하는 말을 집어 던졌어
미처 피하지 못한 채 복부를 정통으로 맞고 하혈하는
아리따운 아가씨
길바닥 흔건히 적실 정도로 피 흘려 생사 넘나들더니
땅거미 스산하게 깔릴 무렵 죽었다는 소문이 들려왔지
그런데 같은 꿈을 오 일 동안이나 연거푸 꾸는 거야
꿈속의 꿈을
이틀째 꿈부터는 사고로부터 피하게 하고 싶은데
루게릭병 환자처럼 말도 손짓도 안 되는 거야
다급하고 애타는 눈빛으로 바라보는 것이 고작이었지
그렇게 그 아가씨는 오 일 동안 꿈속에서 죽어갔어
첫사랑 아가씨의 얼굴인 듯도 싶고
연애 시절의 아내인 듯도 싶고
미지의 여인인 듯도 하여
가슴이 허물어져 내리는 심정이었지
흉흉한 생각들이 생활을 휘감아 돌던 어느 날 오후
그 여인이 목련꽃 하얀 미소를 지으며 찾아왔어

고맙다면서 내 덕분에 살아남았다면서
유체 이탈한 내 모습이 오 일 동안 밤마다 나타나
공중에 뜬 채 무엇인가를 안타깝게 전달하더라고
오 일째가 돼서야 겨우 그 까닭을 깨닫고
친구들과 외국여행을 취소했는데
예약했던 비행기는 추락사고로 사상자가 많았다고

겹겹의 꿈들은 현실과 어떤 연관이 있을까
그 여인은 내 생활에 어떤 모습으로 나타날까
지금도 아련한 꿈속의 여인

죽음의 문

끊임없이 이어지는 행렬을 따라 걷던 중에
죽음의 문 앞에 이르렀네
죽음의 문으로 들어가는 것에 대하여
군 입대처럼 당연하다는 표정들이었어
감시자가 없음에도 도주자 한 명 없었지
그런데 갑자기 불안감이 치솟았어
세상살이에 대한 각기 다른 재판 선고를 받고
등급 다른 세상으로 가는 모습을 멀찍이 보노라니
살아온 인생이 뇌리에 순간적으로 스쳐 가고
최상급 내기 중급 하늘나라는 바라지도 못한 채
혹시 지옥에 가는 것은 아닐까 걱정이 되는 거야
열심히 하느님을 경외하며 살걸
조금이라도 더 올바르게 살걸
후회막급 속에 죽음의 문에 가까워질수록
초조감은 고조되었어

옆 사람이 툭 치는 통에 소스라쳐 깨어보니 꿈이었네
최소한 지옥행을 면할 기회가 주어졌다는 것이
어찌나 다행스럽던지
죽었다가 되살아난 것보다 더 큰 기쁨이었네

꽃상여

아마도 중학교 일학년 수학 시간이었을 것이다
지루한 문제 풀이를 하다가 문득 바라본 창밖
운동장 넘어 논길을 따라 이어지는 긴 행렬을
산 중턱으로 끌며 오르는 꽃상여
그 화려한 핏빛 휘장에 가슴은 철렁 내려앉고
자취생활을 하느라 한 달간 보지 못한 부모형제들이
절절한 그리움으로 떠올랐지
꽃상여 맞이하듯 흐드러지게 핀 진달래꽃들은
눈시울 붉게 초가 고향집이 떠오르게 했지
그날따라 교정의 뒷산에는
까마귀 소리 왜 그리 처연스럽게 메아리치고 있었는지

이제는 아파트 거실에서 바라보는 창밖
서울 한복판 홍등가 불빛 위로 까마귀 소리 날아간다

오한

양쪽 팔과 양쪽 다리 배와 허리가 아파
고슴도치처럼 다닥다닥 침 맞고 돌아온 밤
솜이불 뒤집어쓰고 땀이 흥건한데도
으슬으슬 오그라드는 몸뚱이

어렵사리 새우잠 든 밤의 허우적거리는 꿈속
찾아온 빚쟁이에게
몇백억 원인지 몇천억 원인지 다 줘버렸는데도
어느 순간 그 수표 보따리가 내 수중에 돌아와 있다
빚진 돈의 무게에 짓눌린 몸과 마음은
우물 속에 빠진 것처럼 그 자릴 벗어나지 못하고
가져가라고 어서 가져가라고 몇 번을 내줬는데도
잠시 후 껌딱지처럼 찰싹 달라붙어 있는 빚 보따리

이 세상에 무슨 빚을 그리 많이 지고
껌딱지 같은 욕심 부리며 살아왔던가

지옥탕에 빠진 것처럼 온몸에 흥건한 땀
번데기처럼 움츠러든 몸뚱이
몸살까지 겹치는 초여름 밤은 길고 길다

아름다워 슬픈 꿈

대학도서관에서 자췻집에 저녁식사 하려고 돌아오니
옆 방 여대생이 수돗가에서 닭을 손질하고 있다
백숙을 해 먹으려고 사다 놓은 것인데
나를 대신해 요리하고 있다
그 모습을 본 순간 너무도 고맙고 예뻐서
나도 모르게 등 뒤에서 덥석 껴안는다
평상시 마주치면 눈인사가 전부였는데
여대생은 당황하지도 않고 자연스럽게 받아들인다
혼자 자취생활을 하던 내게
아리따운 아가씨가 생겼다는 감격에 취했는데
깨어보니 흔적 없이 사라지는 황홀한 꿈

현실보다도 소중하고 아름다워 슬프디슬픈 꿈
끝나버린 애틋함을 떠올리며 터벅이는
오십 한 살의 콘크리트길이 딱딱하고 머나멀다

가위눌림

잠속에 빠져든 어슴푸레한 한밤중
창호지문이 덜컥 열리며 문고리가 달랑거려
놀란 눈으로 어둠을 더듬더듬 바라보니
문 뒤쪽에서 누군가 쩨려보고 있다
순간 내 몸에서 싸한 한기가 쭈욱 빠져나간다
용수철처럼 몸을 벌떡 일으켜 세우려 했으나
투명한 거인 몸뚱이에 온몸이 짓눌린 것처럼
손가락 하나 까닥거릴 수조차 없다
불이라도 켜면 귀신이 범접할 수 없을 것 같아
풍에 걸린 사람처럼 돌아간 입을 간신히 달싹거려
옆에서 자는 아내에게 불 켜 달라 요청한다
하지만 나와 아내 사이에 소리 차단막이라도 있는지
열 번이 넘게 불 켜달라고 말해도 듣질 못하고
세상만사 편하게 옆에서 자는 아내
다급함과 치밀어 오르는 화를 섞어 불 켜라니까
소리를 꽥 지리는 순간 제대로 말문이 터지고
귀신이 사라지면서 두 겹의 꿈속에서 풀려나고
아내도 잠에서 깨어 얼떨떨해한다

버둥거릴 수조차 없었던 수면마비
마치 이승과 저승의 경계 같던 꿈속의 꿈
움직일 수만 있다면 찾아온 연유라도 들어보던가
귀신 멱살이라도 잡고 싸움이라도 하던가
집 밖으로 쫓아내기라도 했을 텐데
식물인간처럼 옴짝달싹 못 했던 시공간

움직일 수 있다는 것이 이리도 안전한 것이었던가

꿈속의 고갯길

생물 시간을 끝으로 귀가하는 길
홀연히 나타나 동행하던 당고모님과 육촌 형이
말없이 사라지고
다다른 고갯길
집 근처의 칠십도 급경사 고갯길
박힌 돌과 길가의 잔 나무들 붙잡으며
이십여 미터 기어올라서는 순간
깨어보니 꿈

허공 가득 쏟아지는 새벽 눈
돌아가신 고모님과 육촌 형이 나 그리워
저리 펄펄 눈발로 찾아오시는가
결실 없는 인생길 허덕이는 내가 안쓰러워
포근한 눈 되어 저리 격려하시는가

할미바위 할아비바위

맞닿을 듯 닿지 못하는 안타까움이여
천년이 훌쩍 넘은 그리움이 애달프구나

장보고 장군의 명을 받아 출정한 승언 장군
지아비를 이제나저제나 기다리던 미도 부인

육지의 끝 바닷가와 바다의 끝 수평선 사이를
갈매기 떼는 한가로이 오고 가는데
늙도록 기다려도 님은 끝내 돌아오질 않고
죽어서조차 망부석 되어 기다린 미도부인

그리움과 사랑과 미안함을 담아
할아비바위로 돌아온 승언 장군
그렇게 죽어서야 바위섬으로나마 보게 된 부부
포옹하고 파도처럼 울어도 모자랄 한스러움인데
이 세상에서는 끝내 닿지 못할 사랑인지
영원처럼 그만치에서 바라보고만 서 있구나

용마굴

낙타 등 같은 세 개의 봉오리 섬 삼봉도
이제는 늙어 나지막이 부스러져가고
그 아래 오 미터 길이 용마굴도
세월같이 부딪쳐오는 파도에 흔적만이 남았구나

어느 여름날 밭일하러 나갔던 어미가
갑자기 볼 일이 있어 집안에 들어서니
집 안 가득 채워진 적막감 같은 고요
아기가 어떻게 있는지 방안을 들여다보니
아기가 방 벽에 붙었다 천정에 붙었다 하며
손가락을 까닥거려 파리들을 지휘하는지라
깜짝 놀라 토끼눈으로 쳐다보는 아기 엄마
눈길이 마주치자 평상시처럼 제자리에 눕는 아기
요상한 행동에 놀란 어미가 아비에게 말하니
장차 역적모의로 삼족이 몰살되게 할 아이라 하여
다듬잇돌로 눌러 죽였네
비통한 죽음 뒤 급박하게 백마가 들이쳐
뜰 안을 팽팽 돌고 지붕을 뛰어넘으며 울부짖더니
온 동네 초가지붕들이 뒤집힐 정도로

미친 듯이 한나절을 울부짖으며 방황하다가
삼봉 앞 서해바다에 빠져 죽었네
백마의 자취를 따라간 얼이 빠진 듯한 마을 사람들
삼봉 아래 이르러 전에 없던 동굴을 발견하고서야
용이 백마가 되었음을 알았네

무지와 반인륜의 소치로 죽은 아기 장군
제대로 성장했더라면 조선 말기 국운에
어떤 훌륭한 역할을 했을지도 모르는데
조선도 그 집안도 결국 그리될 운명이었는지
안타까운 전설로만 남았는데
이제는 그 전설마저 회자되질 않네

용오름

간척지 둑 쌓을 돌을 나룻배에 싣고 있는데
삼 십여 미터 앞 천수만 하늘이
무엇에 깜짝 놀라기라도 한 듯 새까매지고
천둥 번개가 순서도 없이 쳐대면서 소나기 퍼붓는데
바닷물이 사나워지고 소용돌이치면서
로켓 발사 시 불을 뿜듯 파도가 하늘로 솟구친다
돌이 적잖게 실린 나룻배마저 앞뒤 좌우로 요동치고
황소 몸통 두께의 십여 미터 뭉게구름이
바다로부터 하늘로 꿈틀꿈틀 오백여 미터 올라가며
북동쪽으로 이동한다
무슨 조화인가 싶어 두 눈 휘둥그레 쳐다보니
어른 팔뚝만 한 꼬리가 구름에 둘러싸이지 못한 채
펄떡거리고 있다

죽음이 두려운 까닭

죽음은 흔적 없는 소멸이 아닌
새 세상에서의 출발점인 줄을 알면서도
죽음이 두려운 까닭은
어느 세상 어떤 생활을 할는지 모르기 때문이다
하늘나라 생활기록부에 깨알처럼 기록된
죗값 안 치른 이 세상 죄악들로 인해 가게 될
지옥의 형태 및 복역기간을 알 수 없어 절망적이고
주색잡기 흥청거린 이 세상 풍류 대신
뼈 빠지게 똥 오줌통 지게를 질까 봐 걱정되고
회장님 영감님 떠받듦을 받던
몇 톤 트럭 부귀영화 못 가져가 한스럽고
콩깍지 그늘 속 알콩달콩이 아닌
뙤약볕 아래 지지고 볶으며 살았을지라도
정든 웬수덩이 영영 헤어질까 봐 슬픈 것이다

오래된 찬란 앞에서

연못에서 쫓겨난 눈먼 용의 전설이 안타까운
치악산 비로봉 아래 구룡사의 단청
청색 적색 황색 백색 흑색으로 치장된
저 오래된 찬란이 이젠 두렵지 않다
세상과 단절된 것만 같은 화려한 단청을 볼 때마다
다섯 살 때 본 시신을 영구하던 꽃상여가 떠올라
섬뜩한 슬픔이 철렁 내려앉곤 했는데
오십 줄 지금은 어린 시절 국어책을 보는 것 같다
압도하던 웅장한 미소의 부처님도
이제는 자상한 선생님 같고
우락부락하던 덩치 큰 사대 천왕조차도
듬직한 동네 형님들 같다

나이가 길이를 늘여간다는 것은
세상 모든 것들과 친근해지는 것이고
두려움이 작아진다는 것은
죽음의 문에 가까이 다가가기 때문일까

비바람 치는 낙화암

태풍이 말발굽처럼 휘몰아치고 있었다
둥근 마음이 서린 백제의 미소를
아리고 쓰리게 지우고 있었다
잃어버린 슬픈 역사를 되새기는지
비바람도 서럽게 흩뿌리고 있었다
백마 울음소리가 들려올 것만 같은 백마강으로
굴러떨어지는 궁녀들처럼
잔 나무들이 옹크린 채 오들오들 떨고 있었다

암자의 풍경은 뎅강뎅강 칼바람처럼 울려대고
태어난 조국과 사랑하는 처자식을 지키지 못한 채
한스럽게 죽어간 머나먼 시절의 병사들이
빗줄기처럼 자꾸만 어른거렸다

거룩한 본능

잠자리 떼 북서쪽에서 남동쪽으로 높이 날고
매미 소리 폭포수처럼 쏟아지는 아침
하늘은 매캐한 연기 속 자욱하다

불청객 같은 소낙비 내릴 오후에 앞서
분화구 성을 쌓느라 분주한 일개미들

공간과 공간 속에 흘러가 버린 시간들처럼
흔적도 없이 지워져 버릴 현상들

쌓여가는 시간의 더께 속
기억되지 않는 생명체들의 노고
그에 상관없이 본능처럼 이어지는 삶의 방식들

불안의 원천

불안은 어디에서 불청객처럼 느닷없이 오는가
마음이 잠시나마 여유가 있을라치면
어느 틈엔가 송곳처럼 가슴을 찔러오는 불안
팽팽한 생활의 긴장감이 느슨해질 때면
일과를 마친 저물녘의 땅거미처럼 엄습하여
마음속을 끝 모를 어둠으로 채워 넣는 불안
내 마음만큼은 내가 주인인데
누가 불안을 침투시켜 흔들어대는 걸까
혹시 내면에 잠재된 불안의 씨앗이 도사리고 있어
비바람 뒤 잡초가 돋듯 고갤 내미는 것일까
가장 은밀하고 가장 견고할 것 같은 마음의 성이
실제로는 곳곳마다 금이 가고 틈새가 생겼는지
생각이 고요할수록 불쑥불쑥 고갤 쳐드는 불안감

경고

목적한 바가 뜻대로 풀리지 않는 나날 속에
마음속 십자가도 내려놓고
기도마저 중단한 날 밤에 꿈을 꾸었네

주위에 있던 두 사람과 함께
영문도 모른 채 침침한 수용소로 끌려갔는데
그곳은 약물투여로 생체실험을 하는 곳이었어
일 년 반 동안 약물 투여된 음식을 먹으며
군대 같은 훈련을 받고 살아남으면
풀려날 수 있다는 말들이 돌고 있었네
마음 독하게 먹고 자신감을 갖고 생활해야
그나마 생존할 확률이 있다고 쑥덕거리고 있었어
그러나 기존 사람들의 얼굴이 시퍼런 실금으로
그물처럼 갈라진 채 좀비 같은 모습들을 보니
이곳에서 얼마나 버틸 수 있을지
과연 대학으로 돌아갈 수 있을지
불안감은 희망을 끝 모를 바닥으로 추락시켰지
그렇게 절망의 늪 속으로 빠져드는데
갑자기 선착순을 시켰어

나무뿌리 밑을 다른 사람들은 쑥쑥 잘도 통과하는데
나는 뚱뚱하지 않은데도 버벅거리기만 했어
달리기와 장애물 통과쯤은 항상 자신 있었는데
무엇인가 나에게 달라붙어 방해하는 것처럼
내 몸이 당최 말을 듣지 않는 거야
벌칙으로 받게 될 약물투여와
낙오가 반복되면 총살되는 수용소
살아나갈 자신감을 상실한 절망 속에서 깨어보니
오십 한 살의 새벽 세 시 반이었네

인생 화가

이룬 것 하나 없는 오후 세 시 인생
목련은 알전구 같은 꽃봉오리마다
눈부신 꽃불 밝힐 준비를 하는데
간드러진 웃음을 날름거리는 독사꽃이
흐려지는 두 눈을 현혹하려 들고
인생길 지뢰밭 한가운데에서
특색 잃은 걸음걸이는 수시로 휘청거린다

인생은 백지 위에 스스로 그리는 작품이라는데
이대로 낙담하며 주저앉을 수는 없어
계절의 결정체 같은 눈발들이
인생의 작품 위에 축복처럼 내려 쌓일 때까지
그리고 또 그려봐야지
손을 들 수 없는 순간까지 삶의 붓질을 해야지
다짐하며 바라보는 서쪽 하늘에
오후 세 시의 바람이 분다

2부

나무를 읽다

스승을 우러러보는 어린아이와 같이
은행나무를 응시하며 천년 삶을 읽는다
세월의 더께 같은 옹이들은
상처로써 훈장 같은 나뭇결무늬 꽃을 피웠다
세상만사 초탈한 듯한 표정 속을
반백 년 겨우 산 자가 어찌 다 헤아리겠는가마는
굴곡 깊게 아래로 파인 굳은살 같은 각질을 통해
헤아릴 수 없이 흘러내린 빗물이 보이고
숯검정 같은 껍질을 통해
속 타들어 간 세상 고뇌가 보이고
고된 생을 걸어온 듯한 관절통 같은 뿌리들을 통해
이끼처럼 늘어붙은 눈물이 보인다

이별이 아쉬운 듯 비틀비틀 떨어지는 잎사귀들
여름 내 아기처럼 업혀 옹알이하던 매미들과
둥근 사랑으로 태어나 어디론지 떠나간 까치들과
가을마다 길 떠난 후 돌아오지 않는 은행 열매들
어디에서 어떻게 살고 있는지 둘러보고도 싶지만
붙박여 살아야 하는 귀향살이 같은 숙명이라서

좀 더 키를 높여 찾아보거나
바람배달부가 전해주는 소식을 기다리던 은행나무
이제 또 한 해의 마지막 작별을 하고 있다

꽃 피는 봄날엔 파릇파릇 희망 새싹을 틔우고
푹푹 찌는 여름날엔 살랑살랑 초록 부채를 부쳐주고
스산한 가을날엔 햇살 노란 시의 마음을 품게 하고
눈보라 한겨울엔 미동 없는 굳건함을 보여주며
허락한 생명 다하기까지 하늘 우러러 서 있는 거목
그 아래에서 읽는 천년 이야기에 날이 저문다

낙엽을 밟으며

홍시 같은 그리움이 물드는 저물녘
열매들과 작별한 상수리나무
잎사귀들마저 하나둘 떠나보낼 때
나뭇가지 사이 애절한 딱새의 울음소리
그 갈색 분위기에 취해
떠나버린 시절 같은 낙엽을 밟으며 거닐 때
잃어버린 사람이 불현듯 떠오르는 것은
열매 맺지 못한 사랑 때문이 아니다

지나가 버린 유행가는 수시로 찾아와
입술에서 맴돌다 흩어지는데
이 세상 정해진 울타리 때문에
다가가지도 다가오지도 못하는 사람
주름살 굵게 늘어나는 나이에
그 사람 다시 사랑할 일도 없는데
이별가에 공감하며 젖고 젖어 드는 까닭은
이 세상에서 잃어버린 인연 때문이다
해마다 반복되는 이 계절이
텅 빈 세상처럼 다가오곤 하는 것은

상사화 같은 애절한 사랑보다도
세월의 강처럼 깊어지던 정보다도
영원히 단절된 것만 같은 인연 때문이다

의와 고와 과와 와

우리 글자 중에 참 고마운 글자들이 있다
자랑스러운 한글 중에 귀하지 않은 글자가
단 한 자라도 있겠는가마는
그중에서도 특히 의와 고와 과와 와가
애틋하다는 생각이 든다
낱말과 낱말을 연결해 의미가 통하게 하는 글자
자신은 드러나지 않으면서
주된 표현 낱말을 돋보이게 하는 수행비서 같은 글자
세상에 소금과 양념 역할을 하는 사람 같은 글자들
그것이 숙명인 것처럼
그리하는 것이 소명인 것처럼
행간을 연결해 문장을 완성하는 글자들

나도 그와 같은 삶을 살고 싶다
그와 같은 시들을 써서 전하다가 돌아가고 싶다

색깔에 대하여

빨강은 피의 색으로
가슴 따뜻한 사랑을 하고 싶어지고
주황은 황토색으로
고향의 고구마밭이 아른거리고
노랑은 병아리색으로
어린 시절 양지쪽 소꿉놀이가 떠오르고
초록은 물결치는 보리밭 색으로
마음이 무럭무럭 자라던 어린 오월 같고
파랑은 출렁이는 물결 색으로
아득한 바다 건너 미지의 여인이 기다릴듯하고
남색은 묘연한 색으로
겨울 속 봄이 느껴지는 이월 초 같고
보라는 신비로운 세상의 색으로
눈부신 봄날 선녀가 하늘에서 내려설 것 같다
그래서 나는 일곱 색깔 무지개를 볼 때마다
살고 싶다는 의욕이 꿈틀거린다

폭탄주

북한 핵폭탄 문제로 뒤숭숭하던 시절
폭탄주를 연거푸 돌려댄 회식 자리가 있었지
남녀노소 가릴 것 없이 공평하게
나 또한 외톨이는 아니었는지 순번이 도달했지
이미 깔짝깔짝 받아 마신 막걸리 때문에
몸속에서는 부글거리다 못해 익었는지
발가락까지 시뻘겋고
숨구멍마다 지뢰처럼 뾰긋뾰긋 솟아올랐는데
폭탄주를 맥주잔에 콸콸 듬뿍 담아주셨지
상사의 권함과 조직원들의 연호 속에
독주를 마시는 심정으로 한두 모금 들이키고
나머지는 천천히 마시겠다며 다른 잔에 부은 후
잔을 돌려 드리니
높으신 양반 게슴츠레 에너지빔을 파지직 쏘아대며
나를 극진하게 생각하시는지 연신 마시라 명령했지
술 마시는 것에도 계급이 있다는 것을 그때 알았네
몸이 못 견뎌 천천히 마시겠다 사정하듯 말씀드리니
그럼 차라리 자기에도 달라 하셨네
즉시 마시라고 강권하는 말인 줄은 알면서도

그렇게 폭탄 같은 술이 좋다면 실컷 드시고
그러잖아도 힘든 사람 더 힘들게 하지 말고
폭탄주에 자폭하듯 주무시라는 생각 듬뿍 담아
술잔을 되돌려주고 휑하니 돌아섰던
씁쓸한 추억 한 토막
폭탄주 돌리는 송년회를 접하니 해롱해롱 떠오르네

숙명

지는 싸움을 계속할 수밖에 없는 때도 있다
기적마저 바라볼 수 없는 처절한 처지 속에서
맞고 맞아 쓰러져도 일어서야 하는 상황이 있다

자살은 하늘이 용서할 수 없는 크나큰 죄라서
차마 스스로 극단적인 선택을 하지 못한 채
희망 없는 내일로 이어가는 인생처럼
도달할 수 없는 목표점인 줄을 알면서도
돌덩이 같은 걸음을 떼고 떼야 하는 인생길이 있다

목숨도 인생살이도 의지만으로는 안 되는 것이라서
짓누르는 무게를 초석처럼 지탱해야 하는 삶이 있다

억새 숲에서

솔가지 뚜둑 부러지는 늙은 소나무처럼
세상 속 매몰찬 바람에 자존심 팍팍 꺾인 날
햇살이 은빛으로 날리는 억새 숲에 서 있다

흔들리는 억새처럼 마음 기댈 곳 없이
이리저리 세상 풍파에 갈팡거리는 날엔
흔들리면서도 쓰러지지 않는 억새 숲에
기러기보다도 애절한 소리를 내질러 본다

억새 깃털에 실어 푸념들을 흩어 날려버린다 해도
창공처럼 속이 후련해질 리도 없지만
정신 멀쩡한 나로 살아가기 위해
울적해진 자존심을 햇볕에 말리고
응어리를 수많은 억새 사이에 내뱉어 보는 것이다
쓰솩쓰솩 살갗 베는 듯한 억새 소리에
세상의 칼날 소리 얹어서 날려 보내는 것이다
갈증 해소 냉수처럼 속 시원해질 리는 없지만

폭우 속에서

폭염처럼 치솟아 오르는 분노와 억울함과 서글픔에
울고 싶어도 눈물 한 방울 안 나오는 나를 대신해
목청껏 울어주는 장대비

체력 유지 위해 토한 밥을 개처럼 다시 먹으며
자취생활 하던 중학생 시절
청운의 꿈을 펼치고자 저승사자마저 돌려보냈으며
직장에 적성을 꿰맞추며 허위허위 여기까지 왔는데
이제는 떠밀려 표류하는 난파선 같은 신세

인생 결실 볼 시월은 아직도 멀었는데
결산하며 안식할 겨울은 더더욱 멀었는데
방향감각 잃은 개미처럼
인생 대로변에서 밀려나 당혹스럽게 서 있다

이제 다시 또 가야지
낮은 세상으로 처음 찾아온 비가
어울리고 어울리며 새길 만들어 바다에 다다르듯
나 또한 낯선 땅 낯선 얼굴들과 조화를 이루며
영혼의 고향에 다다를 때까지 가고 또 가야지

외양간

낮이나 밤이나 어둠만이 꽉 찬 외양간
골똘히 생각에 잠긴 아버지처럼
되새김질하며 커다란 눈을 껌벅이던 황소는
돌아오지 못할 옛이야기가 된 지 몇십 년
초등학교 내내 사월부터 구월까지 소꼴을 베고
여물을 하고 풀을 뜯길 때는 귀찮기도 했던 소
여섯 살 어느 날엔
동생들 돌보라는 말씀 어기고 놀러 갔다가
어둑어둑 저녁 식사시간 맞춰 돌아오면서
그나마 덜 꾸지람 들을까 싶어
들판에 매어 놓은 황소를 앞세우기도 했지
나보다 몇 배 큰 황소를 몰고 들어서는 걸 보고
어이없는 대견함에 껄껄 웃으시던 젊은 아버지
힘들어 거친 숨을 몰아쉬면서도 불평 한마디 없이
아버지 어머니와 함께 땀 흘리던 집안의 큰 일꾼
형제들이 모두 도시로 나간 뒤에도
부모님과 고향집을 지키던 참다운 고향지기
이제는 아련한 추억을 되새기며
외양간만이 혼자서 늙어가고 있네

최성봉

일용직 막노동꾼 청년이
달빛보다도 눈 부신 조명 아래 답변하고 있다
노래 지원서의 가족란이 비어있는 이유는
세 살 때 고아원에 맡겨졌고
다섯 살 때 구타를 당해 고아원을 도망 나와
외톨이로 지냈기 때문이란다
껌과 바카스를 팔아 하루살이처럼 연명하며
지하철 계단이나 공공화장실 등에서 추운 꿈을 꾸고
초등학교와 중학교는 검정고시로 통과했단다
때로는 개처럼 팔려 다니기까지 한 끝에
이제는 자유롭게 무대에 선 휘파람새

음색 곱게 울려 퍼지는 넬라판타지아
천상의 노랫소리에 쭈뼛 들던 눈동자들 흔들리고
방청석이 플라타너스 잎사귀처럼 술렁대더니
한 명 두 명 눈시울 촉촉해지기 시작한다
옥 소리 멋은 후 미모의 사회자는 눈물 떨구며
강평 대신 그저 꼬옥 안아주고 싶단다
노래 하나로 희망살기를 하여 왔고

방송국 무대에서 햇살 같은 박수갈채를 받았으니
감격스러워 할만도 한데
웬만한 삶의 애환은 이미 다 거쳤다는 것인지
미소도 없이 덤덤한 젊은 성악가를 대신하여
진행자들도 울고 방청객들도 울고
안방에 있는 나도 울었다

외딴집

이제나저제나 집 나간 주인을 기다리는 외딴집
한 해 두 해 주인 기다리다 지쳐 공허해지는데
대나무들마저 폐가 주위를 채권자처럼 포위하고
어느 봄날 불청객처럼 슬며시 민들레 찾아들더니
이제는 마당 가득 식객처럼 눌러앉은 잡풀들

가져갈 것도 없는 방마다 자물통 꼭꼭 채워졌는데
도둑고양이 같은 바람이 들락날락하더니
미닫이문의 유리들은 비명처럼 깨어지고
곰팡이 난 벽들은 낙서처럼 좍좍 금이 가고
태풍이 며칠 머물다 간 후에는
늙은 뼈마디 같은 녹슨 철근마저 드러났다
달무리가 술에 취한 듯 유독 흐느적거리는 날엔
바람이 귀신 소리로 밤새도록 술래잡기하는 집

자식들이 찾지 않는 뼈마디 앙상한 독거노인처럼
외딴집은 인적 없는 길만을 하염없이 바라보는데
가출한 주인은 도무지 돌아오질 않는다

마늘처럼 고추처럼

한가위 보름달 기운 받아 뿌리 탄탄히 내려
동지섣달 엄동설한 새파랗게 견뎌낸
맵고 아린 마늘

푹푹 찌는 불볕더위에 때론 시들 거리고
타는 가뭄을 새벽이슬로 축이며 버텨온
화끈화끈한 고추

눈보라 꿋꿋이 견뎌내고
얼음을 녹여낸 그 지독함이 없었다면
어찌 얼얼한 마늘일 수 있으랴

불타는 태양을 숙명처럼 받아들이고
갈증을 태양빛으로 바꿀 여력이 없었다면
어찌 새빨간 고추일 수 있으랴

마늘처럼 고추처럼
생활의 한파를 뚫고 가는 그대
땡볕 같은 세상 삭히며 가는 당신

빌딩숲

시루 속의 콩나물같이 빽빽한 빌딩숲
햇볕마저 차단한 높이 모를 황금 야욕 사이에서
바람마저 이리저리 부딪치며 허우적거리고
미로 같은 빌딩숲에 희망마저 몽환처럼 헤매 도는데
표정 하나 없이 냉정하고 뻣뻣하게 치솟은 외벽들
속내를 꽉꽉 닫아건 채 어디를 노려보는지
콩나물처럼 아슬하게 곧추서 있다
더듬이 다친 불나방같이 방향 잃은 영혼은
쾌속 문명이라는 통유리 속에서 진땀을 흘리는데
대도시란 감옥문은 도무지 열릴 기미조차 없다

숨어버린 장미꽃에게

잎사귀 가시덩굴 속 칭칭 숨어들어 간
장미꽃이여
너에겐 날카로운 가시가 있고
꺾어도 잘 꺾이지 않는 질긴 줄기가 있건만
그마저도 불안하던가

네가 바라는 벌과 나비마저도 너를 못 보고
햇살 못 받는 꽃잎들 곯아
그윽하던 향기마저 악취 될까 안타깝구나

네 존재 이유는
바라보는 생명체들에게 아름다운 감동을 주고
눈빛 사랑을 받는 것이건만
감당 못 할 수많은 나비와 벌이 찾아들까
거친 손길에 상처받을까
거칠고 억센 가시 어둠 속으로
꼭꼭 숨어들고 있구나
그립다 외롭다 우수에 젖어 들면서도
그늘 속으로 웅크려 숨어드는 그대여

왕따성

자아도취보다 무서운 것이
집단세뇌란 것을 미처 몰랐다
세뇌되고 있다는 사실을 인지하지 못했고
어렴풋이 감지했을 때는
인정하고 싶지가 않았다
심각성을 느꼈을 때조차
집단합리화의 논리에 고갤 끄덕이며
자기합리화의 수렁 속으로 빠져들었다
이성 마비의 성에서 탈출할 수 있었음에도
끼리끼리의 세계에서 결코 벗어나고 싶지가 않아
스스로 왕따벽을 이중 삼중으로 쌓았다
세상 소리 차단하고 하늘마저 가리는
자아도취의 성을 높다랗게 쌓고 또 쌓았다

땡볕 소리들

도로에 포위된 아파트는
휴일 오후마저 낮잠을 설친다
바람에 쫓기는 파도들처럼
끊임없이 내달리는 자동차 소리들
소리끼리 부딪쳐 바위에 튕기듯 깨지는 소리들
적응해 잠들라치면 성질 급히 빵빵거리는 경적
지글지글 콘크리트를 지져대는 땡볕
짧은 생애 시위하듯 와글와글 목청 높이는 매미들
이런 날은 혀 내밀고 헥헥거리다가
악쓰듯 짖어대는 노점 상가의 개소리조차 뜨겁다

나의 길

용비어천가를 연이어 외쳐대는
역겨운 술좌석을 빠져나와 도심 속을 걷는다
술과 상극인 체질 때문에 독약같이 씀을 무릅쓰고
분위기 맞추기 위해 억지로 두어 잔을 마시지만
속 빈 찬양만은 차마 따라 할 수가 없어
탈출하듯 벗어나 터벅터벅 외톨이 걸음을 걷는다
이 세상의 바보이고 부적응자라서
왕따 아닌 왕따로 살아가는 쓸쓸한 인생길
용비어천가 소리가 창궐한 도심 길은
밤하늘까지 이어지고 있어
이 세상 삶에 붙들린 영혼이 가는 길은 머나멀고
고독의 병이 깊다

미친개

미친개가 짖어대기로서니
나 또한 두 눈 부릅뜨고 소란을 피워서야 되겠는가
맞장 뜨자며 돌멩이를 집어 던져서야 되겠는가
미친개에겐 몽둥이질이 최고라는 말이 있지만
세상살이 오죽 고달팠으면 저리되었겠는가
피해갈 일이다
벗어나지 못할 상황이라면 기다릴 일이다
먹이에 허기진 미친개
사랑에 허기진 미친개
제풀에 꺾일 때까지
꼬리 내리고 돌아설 때까지
내가 해줄 수 있는 길이 없거든
측은한 심정으로 그저 기다릴 일이다
온종일 짖어대는 개는 없다

역 태풍

태풍이란 살상과 파괴자라는
늙어버린 불신을 강타하는
회오리급 신문 날씨 기사

집채 파도 키질하듯 까불러
산소로 바닷속을 상큼하게 청소하여
적조현상 말끔히 치료한다 하네
해저의 영양과 염류를 표면으로 끌어올려
바다 풍년 예약한다 하네
우리가 쓰는 물 칠십 퍼센트는
장마와 집중호우 속 태풍이 제공하고
열대지방 에너지를 고위도로 운반하여
지구의 남북 간 열평형 맞춰준다 하네

두렵고 고마운 바람

양면성이란 무엇인가
어쭙잖은 지식으로 또 헤아려보는
우주의 이치

바람의 하프 연주

계절과 계절의 경계선에서
바람이 하프를 탄다
곧게 하늘 향한 플라타너스 잔가지들로

가을이여 고마웠다고
겨울이여 환영한다고

음표처럼 출렁이던 잎사귀들
슝슝 튕기는 바람결의 환송 연주를 따라
파르르 파르르르 너울춤으로 내려서서
처음이자 마지막으로 여행을 떠난다

온종일 이어지는 계절 연주
가을과 겨울은 나란히 서서
흠뻑 취해 있었다

지하철 풍경

지하철도 지쳤는지 코를 골 듯
드르릉드르릉 덜컹대는 퇴근길
소주 냄새 폴폴 풍기며 침까지 튀기며
이 나라 정치를 좌지우지하는 영감님들
졸음 겨운 닭처럼 두 눈 지그시 감은 채
피로를 달래보는 육십 안팎 아주머니
짐짝 같은 책가방을 끌어안고 선잠 든 척
앞에 서 있는 어른들 눈길 피하는 여고생
고개 푹 숙인 채 두 손잡이 부여잡고
삐뚤어진 넥타이처럼 흔들거리는 중년 아저씨
정거장에 도착할 때마다
혹시라도 자리 날까 두 눈 번득이는 아줌마들
주위 사람들 아랑곳없이 포옹하고 키스해대는
낯짝 두꺼운 젊은 한 쌍
갖가지 풍경이 덜컹대는 지하철이어라

거지 습성

쓰레기들을 끌어모아 웅그리고 사는
거지들이 있다
쓰레기들을 자식인 양 주위에 앉힌 이유는
허전함과 쓸쓸함을 달래기 위해 서리라

나에게도 비슷한 늙은 습성이 있는데
방 한구석에 제멋대로 쌓여가는 먼지처럼
마음 한구석에 쌓여가는 잡념들
두고두고 곱씹어 되새김질하며
집착의 늪 속으로 빠져드는 우울증

먼지 털어내듯 떨쳐 버리면 될 것을
먼지보다도 미세한 찰나 같은 세상사
무슨 미련 그리도 많은지
쌓여가는 먼지보다 더한 먹먹한 애증들
기억에서 지워버리면 될 것을
뭐가 그리도 허전해질 일이라고
머릿속에서 둘러앉힌 채 내치지 못하는 쪼가리들

첫날

어제 같은 오늘이지만
새로운 해의 첫날
희뿌연 구름에 가려
태양은 낮달 색 소망으로 흐르고
오늘따라 유달리 핏기없는 하얀 십자가
무겁게 내려앉은 하늘을 지고 나처럼 서 있다

십자가처럼 씌워진 이 세상 멍에
어차피 벗겨지지 않는 운명 같은 멍에라면
언뜻언뜻 비추는 태양빛 소망일망정 정수리에 받으며
새로운 오늘에 새롭게 출발하자
겨울 파도처럼 날카롭게 갈라지는 자동차 소리들
그 옆으로 흐르는 속 깊은 강물처럼
묵묵히 그러나 끊임없이 가보자

희뿌연 허공에 새들을 띄워
미지의 세계로 생명을 전하는 하늘처럼
콘크리트 벽에 막혀 외로이 신음하는 영혼의 세상에
사랑이란 영혼의 양식을 지고
생애의 목표점까지 좀 더 가까이 기필코 가보자

3부

집

플라타너스 가지 사이를 들락날락하는 까치 한 쌍
온종일 보금자리를 짓고 있다
삐쭉빼쭉 엉성한 듯하면서도 단단한 둥지에서
둥근 사랑을 하고
둥근 알을 낳고
눈망울 동그란 새끼들과 살아가리라

나보다 훨씬 젊은 까치도 집 장만을 하는데
나는 흰 머리 늘어나도록 떠도는 전세살이 신세
열네 살 자취생활부터 오십 살이 넘은 지금까지
스무 번의 이사를 했지

학창시절 팔 년의 자취생활 동안
간장에 밥 비벼 먹는 나에게
주인아주머니가 반찬을 주셔서 감격도 하고
대학 때는 예쁜 아가씨를 둔 여집사님이
수시로 반찬을 갖다 줘 기분 묘한 식사도 하고
내 마음처럼 눅눅한 자취방에 친구가 찾아오면
마음은 백열전구보다 더 밝아지기도 했지

하지만 집 떠나면 고생이라는 말이 있듯이
달빛 개구리 소리에 더욱 그리워지는 부모형제와
찜통더위에 창문 하나 없어 잠 못 이루던 여름날들
외로움과 부실한 식사 탓에 봄마다 병이 날 때면
홀로 이겨내야 하는 생활에 서글퍼지기도 했지
집주인 사정 때문에 급하게 이삿짐을 옮길 때면
짐 보따리는 왜 그리도 무겁게 짓누르던지

신혼 때의 전셋집이 경매에 붙쳐져
천오백만 원 전세금 못 받을까 전전긍긍하기도 하고
반지하 빌라에 살 때는
언제 아파트에서 살 거냐는 일곱 살 아들의 물음에
내 어깨가 더욱더 축 처지기도 했으며
아파트 투기 바람이 전국적으로 태풍처럼 불던 시절
아파트 타령을 하는 아내에게 화도 많이 냈었지

이십여 년 공직생활과 계약직 아내의 급여를 합하면
적은 돈벌이도 아닌데
서울에서 자식들 교육 뒷바라지하며 살기에 급급하여

지금까지도 아파트 마련은 허공에 매달린 꿈만 같아

어차피 이 세상은 잠시 머물다 가는 유랑지라고
영혼이 돌아갈 본향은 따로 있다고 생각도 하지만
열네 살 때 감상에 젖어 부르기 시작한 이래
어느 사이엔가 내 십팔 번이 되어버린
나라 잃은 시대의 나그네 설움이라는 노래가
까치집 아래 처량하게 흥얼거려지네
오늘도 걷는다마는 정처 없는 이 발길~~~

산등성이

토요일 세 시경이 되면 산등성이에 올라
열네 살 자취생 아들이 이번 주는 오려나
아득한 간척지 길을 간절하게 바라보시던 어머니
농번기임에도 시간 맞춰 산등성이에 오르셨다가
공허하게 발길 돌리시던 어머니
개천 같은 시골에서 청운의 꿈을 품고
부모형제에 대한 그리움을 꾹꾹 눌러 앉히며
곰팡내 풍기는 자취방에서 책장을 넘기던 중학생
진정한 효도가 무엇인지 모르던 그 철부지가
그 어머니보다 더 많은 나이가 들어
어머니 홀로 애타게 서성이던 그 산등성이에서
이렇게 흔들리며 그때의 어머니를 떠올립니다

빗물이 쓰는 문장

투명한 빗물이 쓰는 문장은
보일 듯 보이지 않는 그리움이다
아침부터 이어지는 물의 문장은
어디까지 써 내려가려는지
점심시간도 잊은 채 쉴 틈 없이
빽빽하게 구성되고 있다
때로는 고양이 걸음처럼 나붓나붓
때로는 돌쩌귀처럼 둔탁하게
때로는 음계처럼 출렁출렁
속마음 풀어놓는 연애편지 같다
언제쯤 마침표를 찍을지 알 수는 없지만
오란비가 골몰하여 쓰는 문장은
꿈에서조차 그리던 님과 포옹할 때까지
끊임없이 이어질 것이다

무화과의 여름

까치 한 쌍 번갈아 방아 찧듯 콱콱 파먹고
그늘 속으로 사라지고
잠자리는 무화가 향기에 취해 달콤달콤 졸다가
비단 날개 반짝이며 샤르릉샤르릉 여행을 떠나가고
노랑 벌은 무화과 속에 푹 잠겼다가
뭉툭한 몸을 띄워 제집 찾아 돌아가고
개미는 굴속 같은 무화과 속을 탐색이라도 했는지
한참이 지나서야 기어올라 나오고
무화과나무는 찾아오는 손님들 시원하라고
널찍한 잎사귀로 살랑살랑 부채질하고 있었다

가을날 아침

단풍이 곱다
가을이 곱다
그대가 곱다

어젯밤엔 비가 내리고
오늘 아침엔 햇살이 비치고
그대와 나 사이엔 미소가 흐른다

가을이 깊어간다
마음이 깊어간다
그렇게 그리움의 빛이 물들어간다

진달래꽃 같은 시

비탈 산 양지 녘에 꽃봉오리 벙그는 진달래
여린 가지마다 삼월 초 햇살의 힘으로
연분홍 물길 끌어올려 꽃잎 펼칠 준비 한창이다

변방의 꽃
꼭 내가 쓴 시 같은 꽃
희망의 전령사처럼 봄 오는 문턱에서 피어나
참새 소리 드맑게 잠든 봄을 깨우게 함에도
스쳐 가는 눈길이 고작인 시골 변두리 같은 꽃
그러나 두 눈 깜짝 떠질 만큼 화려하진 않아도
보면 볼수록 매력적인 시골처녀 같은 꽃
수십 송이가 한 꽃처럼 어우러진 고향 마을 같은 꽃

씹을수록 달착지근한 진달래 참꽃처럼
내 시도 되새길수록 맛깔이 났으면 좋겠다
입에 착착 감기는 음식같이
읽을수록 마음의 나이테 칭칭 감겼으면 좋겠다
눈길 제대로 못 받는 진달래꽃이
화려하게 피어나는 꽃들의 상쇠 같은 꽃이듯이
겨울과 봄날의 경계선 같은 시이고 싶다

고향 가는 길

청주에서 천안 서산 태안 거쳐 안면도로
시외버스 타고 가는 초겨울 길
지치지도 않고 참새처럼 통화하는 여고생 때문에
잠 못 들고 본의 아니게 바라보는 창밖 풍경

자식들 결혼시킨 아비 어미의 얼굴같이
안도감 속 쓸쓸한 모습으로 서성이는 참나무들
오리처럼 고개 쭉 내밀고 시내버스 기다리는 시민들
정말 최고로 안락할까 궁금해지는 쇼파대통령 간판
멋쟁이 아가씨들보다도 화려하게 치장한 채
밤거리에 도열하여 눈길 유혹하는 각양각색 간판들
모시고 갈 주인들을 속절없이 기다리다 지쳐
납작 엎드려 추운 선잠 든 주차장의 승용차들
가을걷이 후 올해 할 일은 다 했다는 듯
펑퍼짐하게 하늘 향해 누워 휴식하는 논배미들
이제나저제나 고객 오길 기다리는 통일주유소

수시로 신호등에 잡혀 멈춰서는 버스의 둥근 신발
아기의 초롱초롱한 눈망울 같은 별빛 대신

뱀눈같이 싸늘한 자동차 불빛이 늘어선 도심을
통과하는 길은 변비처럼 갑갑하고
참새 여고생도 지쳤는지 잠든 고향길은 머나멀다

시의 식곤증

휴일 아침 주방 옆 거실 소파에서 시집을 읽는데
나른 나른 졸음이 포만감처럼 머릿속에 차오른다
시는 역시 마음의 양식인가 보다
한 끼 밥숟가락 수만큼 시를 읽으니
잠이 해그림자처럼 스멀스멀 스며드는 걸 보면
아내는 새벽에 예산 친구네 사과 따러 여행 가고
큰 애는 사나이가 되기 위해 신병교육대에 입소했고
작은 애는 햇살 투명한 단풍 구경 대신에
대학 중간고사 대비 심각한 표정으로 도서관 가고
마음이 헛헛했던 나는 그 새 신선처럼 태평해져서
시집이 손에서 사과처럼 툭 떨어지고 있다
온종일 분주한 아내처럼 지치지도 않는지 냉장고는
잠들면 상한다고 음식들에게 잔소리 끊이질 않는데
아내의 부지런한 잔소리에 늘 그러했듯이
나는 아줌마 같은 냉장고 소릴 자장가로 들으며
시의 포만감에 만사 편한 잠속으로 빠져들고 있다

막걸리가 장미꽃이 되다

점심 후 사무실에 복귀하니
나와 눈 마주친 직원이 씨익 웃으며
왜 그리 얼굴이 불콰하냔다
새빨간 장미꽃이 하도 예뻐 취했다 했더니
함께 막걸릿잔을 기울인 직원이 껄껄 웃으며
오월은 막걸리가 장미꽃이 되는 계절이냔다

나 홀로 노래방

고향집 끝 방에 노래방기기 틀어놓고
두 시간째 나 홀로 노래에 취해 흥겹다
막춤 추며 함께 쿵작대는 사람들이 없어
순서를 기다리지 않는 독무대라 좋고
분위기 맞춰 노래 부를 필요가 없어 자유롭다

이러한 내게 밭에 나가시는 어머니는 마당에서
가수의 생음악을 들어줄 사람이 없어 어쩌하냐고
위로라곤 전혀 없는 놀림기 가득한 얼굴로
툭 한 마디 던지신다

이에 나는 씽긋 웃으며
뒤란 감나무의 옹기종기 참새 무리와
전선줄에 나란히 앉은 까치 부부와
대나무 숲의 휘파람새와
뒤란 풀숲의 찌르레기가
서로 음정 박자 안 맞지만 코러스 합창을 하고
무화가나무도 잎사귀 널찍한 손뼉을 쳐주고 있으니
이보다 더 좋은 무대가 어딨느냐고 대꾸했더니
뜰 안이 환해지도록 웃다가 대문 밖으로 나가신다

설레게 하는 여자

휴일인데도 평상시대로 눈이 떠져
동트기 전 서재에서 시집에 빠져드는데
잠이 덜 깬 아내가 게슴츠레한 얼굴로
옆에 쪼그리고 앉더니
입가에 골 깊은 주름살 미소를 띤 채
내 얼굴 쳐다보며 씨익 웃는다
나는 별다른 감흥도 없이
소가 닭 보듯 빤히 쳐다보다가
치마 좀 입어 나도 좀 여자하고 살아보자
라고 했더니
그려
라고 선뜻 대답하며 거실로 나간다

오늘은 내 마음이 좀 설레려나

우린 진짜거든요!!!

손도 안 잡고 팔짱도 안 끼고
초겨울 바람 맞으며 모처럼 영화 보러 가는 길
아내가 불쑥
우리는 연인이 아니긴 아닌가 보네
라며 때늦은 단풍같이 아쉬운 표정을 짓는다

불편하고 손 시리게 뭐 하러 그래
라고 핀잔줄까 하다가 문득
오십 대 중년 부부 애기 한 토막이 떠오른다

은행잎에 황금빛 햇살이 물들던 날
부부가 손잡고 오랜만에 공원을 거닐고 있는데
뒤에서 갑자기 아닐 거야 진짜 부부가 아닐 거야
진짜라면 저리 다정하게 손잡고 다닐 리가 없어
라며 세 명의 아주머니들이 쑥덕거리는데
한번 말하고 끝나는 것이 아니라
아닐 거야 진짜일 리가 없어
라며 거듭거듭 떠들어대면서
감시라도 하는 것처럼 계속해서 뒤따라 오더란다

단풍 고운 가을날 데이트 분위기 엉망진창 된 부인
휙 돌아서서 레이저 눈빛을 콱콱 쏘아대며
우린 진짜거든요!!!
라고 했더란다

질투

수국이 오늘따라 더 짙게 분홍 립스틱을 발랐네!
저리 예쁘니 퇴근하자마자 꽃부터 바라봤구만!
볼멘 질투하던 아내가 출근하려는 내게 묻는다
수국꽃이 예뻐? 내가 예뻐?
별걸 다 묻는 아내에게 꽃이 더 예쁘다고 하려다가
이미 질투하는 아내가 짜증을 낼 모습이 아롱거려
화장을 하면 당신이 더 예뻐! 라고 말했더니
히히히 웃는다

안방 모기

폴짝폴짝 뛰어오르며 손뼉 치듯 모기를 잡는 내게
허공에 무슨 박수를 그리 쳐대냐며 아내가 빈정댄다
저녁잠 방해하는 게릴라들을 소탕하는 중이라 하니
모기들도 먹고 살기 위해 그러는데
입버릇처럼 나누며 살아야 한다고 할 때는 언제고
십일월까지 치열하게 사는 생명들을 빼앗느냔다
마음이 내키어 헌혈하는 것과
강탈당하는 것은 완전히 다른 것이라고 대꾸했더니
눈물 한 방울만큼도 안 되는 피 갖고
쩨쩨하게 구느냐면서 자기는 마음 곱게 쓰기 때문에
모기가 전혀 물지 않는단다
어이가 없어 멍하니 바라보다가
당신의 탁한 피는 맛이 없어 쳐다보지도 않는 거야
라고 했더니 피식 웃는다

있으나 마나 한 남자

립스틱 너무 진해?

외출하면서 승강기 거울을 들여다본 아내가
갸우뚱한 표정으로 내게 묻는다

쳐다볼 사람도 없는데 왜 그리 발랐어?
세월에 발악하는 여자처럼

당신이라도 바라볼까 봐 그랬지

립스틱으로 진하게 화장한다는 것은
뽀뽀할 남자가 없다는 거야
뽀뽀한다면 표시를 내지 않기 위해서
립스틱을 진하게 안 바르거든

그럼 당신은 있으나 마나 한 남자네?!

역행하는 여자

저 아나운서는 너무 삐쩍 말라서
아름다움을 도리어 반감시키고 있네
라며 취향 듬뿍 묻어나는 주관적인 평을 했더니

야리야리한 아가씨들이 예쁘다 할 때는 언제고
라며 빈정대는 아내

세상 모든 여자들을 보호해 줄 수 있을 것만 같던
이십 대 때는 그랬는데
지금은 푸근히 나를 감싸 보호해줄 수 있는 여자가
더 예뻐 보여
라며 무덤덤하게 변명했더니

그럼 나는 예전이나 지금이나 안 예쁘다는 소리네
라며 깔깔거린다

불쌍한 시인의 아내

초등학교 동창회 다녀온 아내가
모임에서 있었던 이야기 한 토막을 맛깔나게 전한다
이런저런 생활 이야기들이 오가는데
갑자기 여자 동창이 정래는 불쌍해! 정래는 불쌍해!
하더란다
그래서 왜 자기가 불쌍하냐고 물었더니
네 남편이 시인이라며? 라고 되물으며
가족들 먹여 살리느라 네가 얼마나 힘들겠어?
애들 학비도 벌어야 하고!
라며 무척 안타깝고 측은하다는 듯이 바라보더란다
어이없음과 걱정해주는 고마움 속에서 깔깔거린 뒤
남편이 시인인 것은 맞지만 공무원이야
라며 친구의 걱정을 덜어줬단다

참 잘했다

현관에 들어서자마자 분리수거통을 살펴본 아내
분리수거를 했네 라며 숙제 검사를 한다
빨리 끝냈기 망정이지 게으름을 피웠더라면
휴일 오후 내내 잔소리에 시달릴 뻔했다
그리 생각하니 굼벵이 같은 몸뚱이 일으켜
꽃샘추위에 잠시 떤 것 참 잘했다는 생각이 든다
숙제 결과가 마음에 쏙 들었는지 환한 아내 모습에
이리 와 뽀뽀해줄게 했더니
아니 점심 먹고 내가 힘차게 뽀뽀해줄게 그런다
그러면서 한다는 말이
저녁 식사는 언제 할거냐다
뻔할 뻔자로 꽃바람 쐬러 나갈 모양이다
외출 싫은 내 몫까지 쏘다니다 들어올 게 틀림없다
환기 창문 통해 들락날락하는 바람 단속을 하며
영락없이 오늘도 나 홀로 집을 지켜야 할 것 같다
그래도 참 다행이다
나른한 고양이같이 봄 햇살을 즐길 수 있어서

시어머니와 며느리

장마가 끝나고 땡볕이 자글자글 쏟아지는 팔월 초
농게와 소라 잡으러 갈 채비를 하는데
몇 년 전 이맘때 갯벌에 갔다가 더위 먹은 아내가
자신은 가지 않겠단다

혼자 가서 쓰러지기라도 하면 어쩌겠느냐며
함께 가보라고 권하시는 어머니

어머니는 아들 생각만 하시네요!
볼멘 대꾸를 하는 아내

내 아들이기도 하지만 네 남편이잖니?
맞대꾸하시며 빙그레 웃으시는 어머니

지게를 승용차에 싣고 바닷가로 향하는데
아내는 어머니와 함께 새빨간 땡볕 고추를 따러 간다

그나마 건졌네

소주 두 병을 마신 여인
역설적인 푸념을 하네

큰 애를 세상의 모범생으로 성장시켰더니
제 아비같이 생활력 떨어지는 신랑감 데려오고
작은딸은 어찌어찌 남부러운 직장 입사시켰더니
일 년 만에 돈 버는 것이 지겹다고
대안도 없이 그만둔다 하고
막내는 초교 때부터 컴퓨터 게임방에 개근하여
고교마저 겨우겨우 졸업 직전이지만
제 아비처럼 여자 유혹하는 능력 하나는 탁월해
한평생 편안히 지낼 것인지라
그나마 안심되는 자식이라 하네
에휴
내뱉는 한숨에 땅이 꺼질 듯하네

김장하기

밤새도록 달빛과 별빛과 바람과 소금물이 스며
연노란 맛으로 아삭거리는 절임배추에
햇볕이 듬뿍 물든 빨간 고춧가루와
같은 밭에서 이웃사촌처럼 자란 무와
땅속까지 얼어붙는 한파를 견뎌낸 마늘과
새침데기처럼 맵게 톡 쏘는 생강과
바다 양념 친구인 새우젓과 생굴과 다시마 물과
빠지면 몹시 아쉬운 갓과 쪽파와 대파와 양파와
싱그러운 냄새를 은은하게 풍기는 미나리와
연인의 속삭임처럼 감미로운 배와 설탕과
금실 좋은 부부의 사랑 같은 깨소금과
소화 쑥쑥 시키는 시큼한 매실과
뜨거움과 시원함이 푹 고인 찹쌀풀을
어울리게 버무린 배춧속을 넣는데
알찬 배추를 정성껏 키운 부모님의 노고와
속 버무리는 형제 내외들의 웃음을 첨가하고
일 년 반찬거리에 대한 걱정은 쏙 빼버리고
살아갈 날들에 대한 소망을 듬뿍 담아 김장을 한다

안방 의자

요즘 들어 여기저기 아픈 아내처럼
삐걱삐걱 관절통 소리를 내는 의자
오래되면 정이 들고 추억이 된다고
십여 년 함께 늙다 보니
한 번 더 보듬어지는 친구
심각하게 오랫동안 문서를 작성하거나
기분이 좋아 양발을 동동거리거나
피곤에 지쳐 푹 잠겨 들 때
묵묵하고 평안하게 받아주던 동반자
사람 소리가 텅 빈 한낮에는
적막을 한가득 앉힌 채 적적함을 견디면서
이제나저제나 나를 기다리는
고향의 어머니 같은 의자

횡단보도

노란색 주의등에서 빨간색 정지등으로 바뀌자
정지선을 이미 넘어선 승용차가
허겁지겁 속도를 높여 사거리를 탈출하고
세월의 무게가 온몸에 올라탄 할머니는
폐지를 가득 실은 리어카와 함께 잠시 숨을 고르고
파마머리 아줌마는 자전거에서 내려
무엇을 살피고 찾는지 연신 두리번거리고
이십 대 한 쌍은 자기들밖에 없는 것처럼
찰싹 달라붙어 마냥 행복하고
육십 대 아저씨는 오늘 저녁 한 잔 어떠냐며
핸드폰으로 누군가를 불러내는 중이고
건너편 신호등 바뀌길 이제나저제나 바라보던 나는
아리따운 여인과 눈길 마주쳐 쑥스러운데
초록색 통과등이 켜지자마자
경주라도 하는 듯 팽팽하게 서 있던 자동차들은
부리나케 뛰쳐나가고
나 또한 다리에 힘을 주어 횡단보도를 건너는데
마주 오는 아리따운 여인과 눈길 다시 마주쳐
괜히 기분이 좋아진다

가슴 속 무덤

또 하루가 을씨년스럽게 저물어 갑니다
어찌어찌 또 하루를 견뎌냈습니다
나락 같은 가슴속 깊이 묻은 그리움 하나
자꾸만 산울림 슬픔처럼 아려옵니다
그동안 묻어왔던 그리움의 봉분들도 넘쳐나는데
몽유병자처럼 파헤친 무덤 때문에 소스라쳤는데
떠도는 혼령 같은 그리움에 넋 나가곤 했는데
지금 또다시 그대라는 그리움을 하나 더 묻고
노을에 반사되어 핏빛처럼 선명한 황토 무덤처럼
웅크려 흐느끼는 영혼이 있습니다
그렇게 그리움에 사무친 영혼이 하나 있습니다

눈빛 미소

그저 바라보기만 해도 좋은 사람
마주 보는 눈빛에 어린 미소만으로도
마음속 시냇물이 콧노래로 흐르게 하는 사람
이것이 행복인 거야
함께 있는 것만으로도 절로 피어나는 웃음꽃
이것이 사랑인 거야
까마귀 쉰 목소리로 급박하게 아침을 깨워대고
까치 떼 곧이어 합창을 하는 도회지 한복판
이 혼돈의 세상에서
떠오르는 눈빛 미소가 생활의 활력소인 거야
내일로 이끌어가는 희망인 거야

표정 잃은 기계문명 속에서
가장 눈부신 꽃으로 피어오르는
보고 싶은 얼굴

해설

근원 회복과 악몽을 살아내는 방식

김 홍 진(한남대학교 국어국문창작학과 교수)

강홍수 시인의 시집 원고를 받아들고 번민이 깊다. 모든 시들은 사막과 같은 것이어서 해설을 쓰는 일은 사막을 건너는 행위에 다름 아니다. 오아시스를 꿈꾸며 걷지만 다가서면 저만치 보이던 오아시스는 막상 그곳에 가면 또 저만큼 물러나 있다. 시는 항상 흘러넘침이어서 차액을 남긴다. 시에 대한 해석적 의미나 가치는 발설되는 순간 더 깊이 자신의 모습을 숨겨버린다. 다가서면 다시금 저만큼 물러나는 신기루 같은 것이 시다. 모든 시가 그러하듯 강홍수 시인의 시집 역시 언표화를 거부하는 천의 얼굴이 숨어 있다. 이 글은 그중 몇 얼굴을 만난 기록일 뿐이며, 사막을 건너며 만난 오독과 편견의 기록일 뿐이다.

1. 원체험, 결핍의 시간과 근원 회복의 꿈

　시인은 시로 말하고, 시는 시인의 세계를 총체적으로 구성한다. 그런 점에서 시는 시인의 고유한 경험에서 우러나온 소산이다. 사람들은 삶을 살아가면서 자신의 영혼을 짙게 물들이고 간 시간의 흔적, 그것이 견디기 힘든 아픔이든 눈부시게 찬란한 황홀이든 그 심연으로부터 결코 벗어날 수 없다. 자신의 경험적 의미를 현재적 시점에서 재구성하는 시 쓰기는 주체가 자신의 삶을 연속적으로 정립하려는 노력의 일환이다. 그러므로 기억 속으로 들어가는 시적 행위는 참된 자아를 회복하고 자기 정체성을 확인하는 일과 관련을 맺는다. 그리하여 경험을 응시하려는 태도는 시 쓰기의 근원적 욕망과 기원을 이룬다.

　강흥수 시인의 시들은 그가 경험한 쓰라림과 눈부심의 기억이 심층에서 우러나는 울림이다. 때문에 그 심연을 이루는 원체험과의 관계에서 그의 시 읽기를 시작할 필요가 있다.

　　　산 중턱으로 끌며 오르는 꽃상여
　　　그 화려한 핏빛 휘장에 가슴은 철렁 내려앉고
　　　자취생활을 하느라 한 달간 보지 못한 부모형제들이
　　　절절한 그리움으로 떠올랐지
　　　꽃상여 맞이하듯 흐드러지게 핀 진달래꽃들은

눈시울 붉게 초가 고향집이 떠오르게 했지
그날따라 교정 뒷산에는
까마귀 소리 왜 그리 처연스럽게 메아리치고 있었는지

이제는 아파트 거실에서 바라보는 창밖
서울 한복판 홍등가 불빛 위로 까마귀 소리 날아간다

─「꽃상여」 중에서

　강홍수 시인의 시 쓰기의 기원을 이루는 원형적 체험은 무엇일까? 그것은 유년의 아름다운 시절과 행복한 공간으로부터 분리된 삶의 흔적이다. 즉 그의 시에 표명된 유년 시절 이후 지금까지 삶은 "고독의 병이 깊"고 "영혼이 가는 길은 머나먼"(「나의 길」) 것처럼 막막한 것이다. 이 막막함은 과거부터 지금까지, 혹은 그것이 미래의 시간까지 지속될지도 모르는 떠남과 이별, 분리와 불안의 경험으로부터 비롯하는 것으로 보인다. 그의 시는 이 막막함으로부터 벗어나 원초적 본향, "영혼이 돌아갈 본향"(「집」)을 지향한다. 그의 시 곳곳에 진술된 바로 일찍이 시인은 "열네 살"(「산등성이」) 중학 시절부터 부모 곁을 떠나 대학 시절까지 자취생활을 한 것으로 암시된다. 유년기 이후 고향과 부모를 떠난 생활은 "스무 번의 이사를 했"을 만큼 정처 없이 떠도는 변경의 쓰라린 과정이며, 그 시간은 "간장에 밥 비벼 먹"(「집」)으며 부모형제에 대한 "절절한 그리움"으로 "눈시울 붉게" 만드는 사무친 삶의 여정이다. 현재는 지나가지만 과거는 그 자체로 자기 자신 안에 보존되는 것이라 할 때, 절절하고 "눈시울 붉게" 만드는 기억은 생생하고 강렬하게 그의 내면에 보존되어 시의 표면으로 불쑥 얼굴을 내미는 것이다.

그런데 문제는 과거 시간의 쓰라린 경험이 지금도 여전히 지속된다는 점이다. 화자는 창밖을 바라보며 과거를 생각하면서 그 과거의 기억과 추억이 현재의 상황과 동일하다는 의식을 보여준다. 화자는 "아파트 거실에서 바라보는 창밖"의 "홍등가 불빛 위"를 날아가는 까마귀 소리와 "흐드러지게 핀 진달래꽃"의 뒷산에서 메아리치던 까마귀 소리를 동일시한다. 까마귀 소리로 은유된 아픈 상황에 대한 기억은 현재도 마찬가지이다. 현재 상황은 결구에서 두 행의 진술로 짧게 처리되었지만, 화자는 과거 상황을 확장해 놓음으로써 그것을 정황적으로 현재와 유사하게 겹쳐지도록 한다. 그럼으로써 현재 화자의 내면적 고통의 깊이는 보다 절실하게 환기된다. 과거 상황이 현재의 의식 속으로 끼어들면서 현재를 더욱 아프게 지각하도록 하는 것이다. 이는 베르그송의 말을 빌려 현재의 과거에로의 퇴각이 아닌 과거의 현재에로의 진전이다.

처연하고 어두운 음색으로 읊조리는 「꽃상여」는 시인의 시의 원적原籍과 지금 시인이 처한 심리적 정황을 동시에 짐작하게 해준다. 시인은 지금 창밖을 바라보며 상념에 젖어 있다. 밤 시간의 창은 거울과 달리 자아와 외계를 동시에 인식하도록 기능한다. 밤의 창은 자기 얼굴을 반영하고, 또 바깥의 대상을 동시에 인식할 수 있게 한다. 창을 매개로 시인은 꽃상여, 진달래꽃, 까마귀 소리를 연상하고, 이를 통해 현재 자신의 처지가 과거의 상황과 다를 바 없음을 들여다본다. 그는 자신의 운명을 처연하게 응시하면서 근원적으로 집을 잃고 떠돌아 살 수밖에 없는 운명, 결핍과 부재의 현실을 과거적 경험을 통해 쓰는 것이다. 아름다움을 상징하는 꽃과 소멸의 죽음을 상징하는 상여, 음산한 까마귀 소리와 흐드러지게 핀 진달래꽃, 휘황輝煌한 홍등가 불빛의 선명한 대조와 결합은 시적 주체의 고립과 단절된 막막한 심사를 더욱 짙게 고조시킨다.

과거 상황과 현재 상황의 불가역적 동일성, 근원으로부터 분리되어 있다는 의식, 그러한 고립과 단절 의식이 강하면 강할수록 결핍과 부재의 대상에 대한 그리움은 더욱 짙고 절실할 수밖에 없다. 부재와 결핍, 동일성의 세계를 상실한 자아가 나가는 길 가운데 하나는 시적 주체를 지금 여기의 차안이 아닌 미래 시간, 그 피안의 미래 시간으로 이끌게 마련이다. 그래서 시집 곳곳에는 "본능처럼 이어지는 삶의 방식", 그 "거룩한 본능"(『거룩한 본능』)의 지속과 기대에 대한 믿음을 포기하지 않으려는 의지적 태도가 자주 나타난다. 예컨대 다소 관념적이며 직설적이지만 "영혼의 고향에 다다를 때까지"(『폭우 속에서』) "사랑이란 영혼의 양식을 지고 / 생애의 목표점까지 좀 더 가까이 기필코 가자"(「첫 날」)는 등의 진술과 같은 경우이다. 화자의 미래 시간에 대한 의지는 신념과 같아서 "인생은 백지 위에 스스로 그리는 작품"(「인생 화가」)으로 "백지 같은 세상에 새길 만들며"(「새벽길」) 갈 것을 희망한다. 이러한 의지적 신념에서 비롯한 미래 전망은 결핍과 부재의 시간을 벗어나 내일에는 동일적 총체성을 확보할 수 있다는 가능성에 의해 비롯한다.

의지적 신념은 시적 주체가 변경의 쓸쓸한 삶으로부터 벗어나 참된 자아, 부재와 결핍의 세계에서 존재의 본향을 회복하기 위한 고투의 여정에서 비롯된 것으로 이해할 수 있다. 시적 주체가 처한 현재적 삶은 "더듬이 다친 불나방같이 방향을 잃"(「빌딩숲」)은 상황이며, '외톨이' '왕따' "바보이고 부적응자"(「나의 길」)로 자각된다. 때문에 그의 시의 궁극에는 존재의 근원 회복에 대한 희구가 자주 표상된다. 그러므로 어머니, 아버지, 고향 등과 연루된 존재의 근원이나 미래 시간에 대한 소망적 희원은 그의 삶이 도달하고자 하는 구원의 영토이자 실존적 각성을 의미한다. 그것은 모두 존재의 자기 승화, 존재의 자기 회복을 전제로 하는 것이다.

체력 유지 위해 토한 밥을 개처럼 다시 먹으며
자취생활하던 중학생 시절
〔중략〕
방향감각 잃은 개미처럼

인생 대로변에서 밀려나 당혹스럽게 서 있다

이제 다시 또 가야지
낮은 세상으로 처음 찾아온 비가
어울리고 어울리면서 새 길 만들어 바다에 다다르듯
나 또한 낯선 땅 낯선 얼굴들과 조화를 이루며
영혼의 고향에 다다를 때까지 가고 또 가야지
　　　　　　　　　　　　　－「폭우 속에서」 중에서

폴 리쾨르에 따르면 시간 체험이란 현재를 중심으로 과거와 현재와 미래의 균열을 극복하고 통합하려는 정신의 긴장으로 나타나며, 균열을 통합하려는 의지로 시간 체험이 생긴다. 강홍수 시인의 시에 드러나는 시간 경험의 양상은 과거를 현재로 끌어들이고, 이를 통해 미래의 다른 시간을 예기하려는 시도이다. 그에게 과거와 현재의 경험이 '난파선처럼 방향감각을 상실한 채 표류'하듯 떠도는 위태로운 균열의 시간이라면, 미래에 기대된 시간은 균열과 파편성을 통합하려는 의지적 태도로 예기된다.

전체 4연으로 구성된 인용 시는 현재에서 과거로, 다시 현재에서 미래로 진행한다. 말하자면 인용 시의 전개는 폭우가 쏟아지는 현재의 시점에서 중학생 시절의 고단했던 자취생활과 "꿰맞추며 허위허위 여기까지" 버텨온 직장생활의 과거사, 그리고 "인생 대로변에서 밀려"

나 있는 현재 상황에 이어서 "영혼의 고향에 다다"라 균열을 봉합하려는 미래 시간으로 진행된다. 이러한 전개는 화자가 처한 현재의 심리적 정황을 나타낸다. 또한 화자의 자의식은 물론이거니와 현실인식의 양상을 반영한다. 즉 현재는 과거와 다른 것이 아닌 동일한 상황의 연속적 지속이라는 것이다. 이를테면 "표류하는 난파선처럼" 위태롭고 "방향감각을 잃은 개미처럼" 떠도는 현재의 시적 자아는 "토한 밥을 개처럼 다시 먹"고 "적성을 꿰맞추며 허위허위" 살아온 지난 시간의 삶과 조금도 다른 것이 아니다. 자기 동일성을 상실한 이러한 균열과 위태로운 삶에 대한 인식은 미래의 시간에서 존재의 자기 회복에 대한 의지적 희구로 통합하려는 양상을 보인다. 예컨대 "영혼의 고향"으로 표상된 통합된 미래의 시간은 "어울리고 어울리며 새길을 만들"고 "낯선 땅 낯선 얼굴들과 조화를 이루"는 상상의 세계이거나, "행간을 연결시켜 문장을 완성"해 "의미가 통하게 하는 글자"(『의와 고와 과와 와』)의 속성 같은 연속과 상통의 삶이다. 그는 과거나 현재나 다름없는 "생활의 한파를 뚫고" "땡볕 같은 세상 삭히며"(『마늘처럼 고추처럼』) "백지 같은 세상에 새길"(『새벽길』)을 내려는 미래 시간의 갱신을 꿈꾸는 것이다.

2. 몽유, 현실의 환시와 자기 정체성의 확인

　시인에게 어린 시절 집을 떠난 고립과 단절의 기억은 어둡고 음산한 얼굴을 하고 그를 놓아주지 않는 듯하다. 이러한 떠남은 따뜻한 모성과 부성의 행복했던 유년으로부터 청소년기 이른 사회로의 이행, 즉 통과제의의 고통스런 입사식入社式을 의미한다. 그리고 그 입사식이 또다시 좌절되는 과정이 청소년기의 쓰라린 경험이며, 그 연장을 이루는 것이 성년기의 사회적 경험이다. 그것은 일종의 이식移植된 삶이다. 그래서 "돌덩이 같은 걸음을 떼고 떼야 하는 인생길" "짓누르는 무게를 초석처럼 지탱"(「숙명」)하려는 의식의 저편에 "저물녘의 땅거미처럼 엄습"해 "마음속을 끝 모를 어둠으로 채워 넣는 불안"(「불안의 원천」)에 떠는 자아의 얼굴이 자주 출현한다. 즉 막막한 삶일망정 초석처럼 견디며 살아낼 수밖에 없다는 현실인식과 미래 시간에 대한 소망에도 불구하고, 그는 자주 잠속에서 가위에 눌리(「가위눌림」)는 악몽과 구몽懼夢에 시달린다. 시집 제1부를 구성하는 '잠'과 '꿈'과 '죽음'에 관한 시편들이 그 사례이다.

　보통 꿈의 시학은 현실이 불만스럽고 삶의 상처와 결핍에 고통받을 때 주체는 그만큼의 관성으로 현실감각보다는 자기도취와 현실도피의 세계로 침몰할 위험이 도사리고 있다. 그러나 강홍수 시인의 꿈은 결핍된 현실과 본래적 근원으로부터 분리 이탈된 자아를 환유하는 기능을 한다.

시인의 시에서 꿈은 현실에서 오래 숙성된 쓰리고 아린 상처와 고통이 덧나고 재현되는 공간이다. 「아름다워 슬픈 꿈」에서처럼 꿈의 또 다른 속성인 기대 원망願望, 혹은 억압된 소망의 대리충당의 모습을 일부 보이기도 하지만, 대부분의 꿈 시들은 삶의 상처와 결핍, 부조리하고 끔찍한 일상의 경험을 반영하는 거울로 기능하는 측면이 강하다. 거기에는 심연에 잠재된 불안과 상처의 흔적이 얼룩져 있고, 이룰 수 없는 대상이 황홀하게 현현했다가 "깨어보니 흔적 없이 사라지는"(「아름다워 슬픈 꿈」) 무상성이 내재되어 있다. 꿈속에서 고통은 더욱 사무치고 상처와 결핍과 부재는 더욱 불거진다. 따라서 그의 꿈은 자신의 생애와 현존재의 결핍이 드러나는 자리인 동시에 내면의 상처를 대면하는 공간이다.

그에게 꿈은 치유나 소망의 실현이라기보다는 상처의 드러남이며, "잠은 나날이 죽음과 친해"(「잠과 꿈」)지는 죽음의 유혹과 같은 것이다. 꿈은 "죽음의 문으로 들어가는 것"(「죽음의 문」)과 같이 불길한 것이다.

불안감은 희망을 끝 모를 바닥으로 추락시켰지
그렇게 절망의 늪 속으로 빠져드는데
〔중략〕
벌칙으로 받게 될 약물 투여와
낙오가 되면 총살되는 수용소

살아나갈 자신감을 상실한 절망 속에서 깨어보니
오십 한 살의 새벽 세시 반이었네
                              –「경고」 중에서

　강홍수 시인에게 꿈은 공포와 죽음의 체험이다. 인용
시의 구조는 일종의 몽유의 형식으로 구성되어 있다. 이
를테면 꿈을 통해 현실이 아닌 환상의 다른 세계 내지는
다른 공간, 그러니까 이계異界로의 여행과 귀환의 구조를
갖고 있다. 화자는 "뜻대로 풀리지 않는 나날"의 밤에 꿈
을 꾼다. 화자는 '생체실험 수용소로 끌려'가고, 그곳에
서 공포와 불안감으로 "살아나갈 자신감을 상실한 절망"
을 겪은 다음 새벽 세 시 반에 꿈에서 깨어난다. 꿈이 지
닌 특성 가운데 하나는 이계성異界性, 혹은 이계의 체험을
구조로 한다. 꿈은 현세적인 시간과 공간을 초월하는 회
로이다. 이때 꿈의 내용은 억압된 소망이나 잠재의식의
충족, 혹은 억압의 끈을 풀어버리기도 한다. 하지만 그
보다는 공포스럽고 불안한 현실의 심리적 국면들이 '생
체실험의 수용소'라는 압축 전치된 악몽의 이미지로 환
시幻視되어 있다. 여기서 생체실험의 수용소는 화자의 현
실 공간을 환유하며, 생존을 가늠할 수조차 없는 "절망
의 늪"은 화자의 불안하고 막막한 심리적 국면들을 은유
한다.
　인용 시는 꿈에 진입하는 입몽과 몽중 이계의 환상 세
계와 그 꿈에서 깨어나는 각성의 과정으로 구조화되어

있다. 그런 점에서 마치 현실을 액자 틀로 하고 꿈을 내부 이야기로 하는 유몽遊夢의 모티프, 혹은 몽자류 액자형의 이야기 구성을 취하고 있다. 이러한 양상은 「꿈속의 꿈」 「잠과 죽음」 「죽음의 문」 「오한」 「가위눌림」 「아름다워 슬픈 꿈」 「꿈속의 고갯길」 등에서 대체로 비슷하게 펼쳐진다. 이들 시에서 꿈은 모두 이계로 진입하거나 몽환적 환상의 세계로 들어가고 나오는 통로 구실을 한다.

또한 이러한 꿈속의 환시는 자신 안에 무섭게 웅크리고 있는 또 다른 자아의 얼굴과 현실을 만나고, 본래적인 근원에서 이탈 훼손된 자신의 정체성을 확인하는 것이다.

초록 들판 끝 막다른 길에 나타난
쫘악 벌린 뱀 아가리 같은 시커먼 동굴
어둠 속에 삼켜질 것만 같아 내키지는 않았지만
되돌아갈 수도 없고 진입 외엔 선택의 여지가 없었어
한 발 한 발 내디딜 때마다
수렁텅이에 빠져드는 듯한 두려움
때로는 쥐가 찍찍거리며 발등 스치며 지나가고
벽을 더듬거릴 때는 물컹한 것이 쥐어져
등줄기에 오싹 서늘한 땀이 흘러내리기도 했어
　　　　　　　　－「인생살이 꿈속을 걷다」 중에서

시인의 꿈은 비명과 가위눌림과 악몽으로 가득 차 있다. 꿈은 이성의 가면을 벗고 자신의 참혹한 얼굴을 바라볼 수 있게 한다. 그가 시화하는 꿈의 형상은 현실보다 더욱 선명하게 현실적인 풍경을 보여준다. 그의 시는 꿈속으로 들어가는 듯하지만 사실은 그 과거의 기억이나 환시를 통해 현재적 의미를 끊임없이 환기하는 것이다. 그는 고립과 소외, 결핍과 부재라는 일상적 경험의 실체를 꿈을 통해 정직하게 바라보고 그것을 존재의 모순, 경험의 모순으로 받아들이는 것이다. 그러나 그것은 우리를 죽음에의 충동이나 환각의 세계로 이끌고 가기보다는 삶에 대한 실존주의적 의식을 더욱 치열하게 만드는 계기로 작용한다.

인용 시에서 인생길은 꿈길, 혹은 꿈길은 인생길로 등가된다. 꿈은 길 없이 깊은 세상이다. 꿈속의 편력은 몽환적이고 환상적이다. 마치 꿈속의 일과 이미지를 의식의 통제 없이 자동기술적으로 서술해나가는 초현실주의적 수법으로 인해 어떤 논리(?)적 맥락이나 연결을 거부하는 듯하다.

시의 전반부는 유년 시절, 인용된 중반부는 고통스러운 입사식의 통과제의를 통과하는 과정, 후반부는 입사식의 동굴을 통과한 뒤의 모습이다. 이런 구조는 마치 인생의 생로병사나 희로애락을 펼쳐놓은 것처럼 보인다.

어렵사리 새우잠 든 밤의 허우적거리는 꿈속
찾아온 빚쟁이에게
몇백억 원인지 몇천억 원인지 다 줘버렸는데도

어느 순간 그 수표 보따리가 내 수중에 돌아와 있다
빚진 돈의 무게에 짓눌린 몸과 마음은
우물 속에 빠진 것처럼 그 자릴 벗어나지 못하고
가져가라고 어서 가져가라고 몇 번을 내줬는데도
잠시 후 껌딱지처럼 찰싹 달라붙어 있는 빚 보따리
　　　　　　　　　　　　　　　　　　－「오한」 중에서

　　강흥수 시인의 꿈의 시학은 대체로 행복의 시학을 지
향하지 않는다. 꿈속에서 도망자는 영원히 추적자로부
터 완전히 벗어날 수 없다. 「오한」은 부동성moving
immobility의 경험, 즉 아무리 움직이려 몸부림쳐도 계속
같은 자리에서 꼼짝하지 못하고 붙잡혀 있던 경험을 그
리고 있다. 이와 함께 「가위눌림」을 비롯한 시에서 가야
할 곳을 알지 못하고, 아니 가야 할 곳이 어딘지 모른 채
가야 하는 악몽의 경험은 일종의 현실 비유로서 생생한
일상의 경험이다. 이 생생한 악몽은 우리를 진정 행복하
고 환상적인 꿈의 세계로 들어가게 하지 않는다. 거꾸로
악몽과도 같은 현실의 자리에 잡아두고 우리의 의식을
아프게 찌른다. 말하자면 "손가락 하나 까딱거릴 수조차
없"(「가위눌림」)는 꿈속의 상황, 아무리 뿌리쳐도 "껌딱지
처럼 찰싹 달라붙"는 '빚'은 현실의 은유이다.
　　온 힘을 다해 발을 움직여도 몸은 제자리, 나를 쫓는
이는 성큼성큼 달라붙는다. 꿈속의 화자는 "찾아온 빚쟁
이에게" 다 내주고 도망치려 한다. 그러나 "우물 속에 빠

진 것처럼 그 자릴 벗어나지 못하고" 빚은 다시 "껌딱지처럼 찰싹 달라붙"는 형국이다. 이는 현실에서 충분히 벌어질 수 있는 상황이며, 악몽처럼 섬뜩하다. 이 악몽은 일종의 우화, 혹은 현실의 비유이다. 실존주의적 해석을 덧붙이면 무의미와 부조리한 현실에 사는 우리의 실존적 상황을 떠올릴 수 있을 것이고, 신학적으로 보자면 원죄의 빚을 지고 무의미와 물욕의 '지옥탕'에 빠져 방황하는 주체를 볼 수 있을 것이다.

> 혼자 자취 생활을 하던 내게
> 아리따운 아가씨가 생겼다는 감격에 취했는데
> 깨어보니 흔적 없이 사라지는 황홀한 꿈
>
> 현실보다도 소중하고 아름다워 슬프디슬픈 꿈
> 끝나버린 애틋함을 떠올리며 터벅이는
> 오십 한 살의 콘크리트길이 딱딱하고 머나멀다
> —「아름다워 슬픈 꿈」 중에서

유몽의 형식은 현실로부터 탈주와 몽환적 세계를 지향한다는 점에서 낭만적 충동의 것이지만, 그 내용은 대체로 무섭고 기괴하고 불길한 형상의 악몽이거나 구몽이다. 인용 시는 꿈을 통해 현실에서 억제된 만남과 원망을 실현하는 동시에 그것이 그지없이 허망하고 무상하다는 각성의 일반적인 몽유의 문법을 취하고 있다. 각성된 현실은 "빚진 돈의 무게에 짓눌린"(『오한』) 상태로 은유되거나 낙오되면 "총살되는 수용소"(『경고』)로 환유된다.

꿈속에서 고단하고 궁핍한 자취생활의 대학 시절로 돌아간 화자는 한 "아리따운 아가씨"를 만나고 "황홀한 꿈"에서 깨어난다. 그런데 꿈에서 깨어난 현실은 "딱딱하고 머나"먼 "오십 한 살의 콘크리트길"이 환기하는 것처럼 막막하고 생의 온기를 느낄 수 없는 상황이다. 그는 꿈속에서 "목련꽃 하얀 미소를 지으며 찾아"온 "미지의 여인"(『꿈속의 꿈』)이나, 어린 시절 "홀연히 나타나 동행하던 당고님과 육촌형"(『꿈속의 고갯길』)을 만나기도 한다. 말하자면 꿈은 시간과 공간을 초월한 이계로의 떠남을 통해 현실에서 억제되고 억압된 결핍의 대상과의 행복한 만남을 실현한다. 이러한 가상적 충족은 꿈의 깨어남을 통해 실은 허망하게 사라지는 것이다. 꿈은 결핍된 대상과 만나게 해주면서도 그 대상과 비정하게 단절시킨다. 이런 점에서 꿈은 이중적이다. 바꿔 말하면 꿈이란 욕망을 반사하는 거울이기도 하지만, 동시에 양면의 짝패처럼 깨고 난 후에 그 허망함을 통해 각성과 자기 확인의 거울이기도 하다. 시인에게 꿈은 다만 현실과 자아의 내면을 비추는 거울일 뿐이다. 그가 꾸는 악몽은 몽염의 현실에 대한 탐색이며, 그것은 현실로부터의 도피도 아니고, 극복도 아니다. 이러한 시 쓰기는 그 악몽을 살아내는 방식으로서의 시 쓰기이다.

3. 모색, 운명의 수락과 악몽을 살아내는 방식

시는 시인의 내밀한 기억이나 감성을 섬세하게 반영한다. 그것은 깊은 심연의 우물에서 길어 올린 물과 같다. 그 물속에는 시인의 회상, 꿈, 체험의 시간이 녹아 있다. 따라서 시는 시인의 현재적 삶과 표정의 기록이다. 시인의 시집에 자주 등장하는 꿈은 단지 기대 원망, 불안이나 결핍의 반영이 아니다. 그것은 현실의 풍경이며, 우리 모두가 보편적으로 처한 피할 수 없는 운명이라 할 수 있다. 악몽은 몽염의 현실에 대한 탐색이며, 그것은 악몽을 살아내는 한 방식이다. 그런 측면에서 그의 시는 정직하다. 몽유의 형식으로 위장하지만 그것은 경험적 일상에서 축적되고 흘러나오는 분비물이기 때문이다.

시인은 삶을 가장 낯설고 척박한 것으로 드러내면서도 그것을 긍정하고 삶에의 의지를 확인한다. 그에게 있어 삶의 허무주의적인 성격의 긍정은 허무주의의 긍정으로 귀결하지 않고 보다 넓은 의미에서의 삶의 긍정으로 나아간다. 이러한 그의 태도는 "죽음은 세월 따라 졸음처럼 육체에 스며들"지만 "컹컹 개 짖는 소리"를 들으며 "아직 깨어 움직일 때라는"(『잠과 죽음』) 사실을 각성하거나, "악쓰듯 짖어대는 노점상가의 개소리조차 뜨겁게"(『땡볕 소리들』) 살아가는 생명의 한 현상으로 보는 데 잘 나타나 있다. 이를테면 척박한 삶에 대한 비극적 인식 안에 이미 그것의 구원이 놓여 있는 것이다. 왜냐하면이 헛된 삶의 시간을 긍정함으로써 비로소 우리는 그 안에서 최소한의 의미를 길어 올릴 수 있기 때문이다. 우리는 저마다의 방식으로 악몽을 살아내는 것이다. 따라서 우리는 시인의 이러한 태도를 운명에 대한 사랑으로 부를 수 있다. 그런 점에서 강흥수 시인의 시가 빛나는 지점은 세속적 남루와 비애를 껴안는 데 있다. 그것은 인위와 지적 조작과는 거리가 먼 간절한 일상의 마음에서 울리는 음성이다.

> 세월의 무게가 온 몸에 올라탄 할머니는
> 폐지를 가득 실은 리어카와 함께 잠시 숨을 고르고
> 파마머리 아줌마는 자전거에서 내려
> 무엇을 살피고 찾는지 연신 두리번거리고
> 이십 대 한 쌍은 자기들밖에 없는 것처럼
> 찰싹 달라붙어 마냥 행복하고
> 육십 대 아저씨는 오늘 저녁 한 잔 어떠냐며
> 핸드폰으로 누군가를 불러내는 중이고
> 건너편 신호등 바뀌길 이제나 저네나 바라보던 나는
> 아리따운 여인과 눈길 마주쳐 쑥스러운데
> 　　　　　　　　　　　　　－「횡단보도」 중에서

　화자는 횡단보도 앞에 서 있다. 그는 별다른 시적 묘사나 기교 없이 시선에 들어오는 소소한 대상을 차례대로 건조하게 관찰한다. 눈에 들어오는 대상이나 현상에 대해 자신의 감정을 이입하거나 의식의 개입을 최대한 절제하면서 묘사할 뿐이다. 하지만 각자 분주하게 움직이는 상황에 대한 화자의 사선은 경쾌하고 유쾌하다. 사소하고 소박하여 하찮아 보이는 일, 하찮은 물건에 대한 관심은 근원으로부터 추방된 시인이 버티고 살아내는 한 방식일 것이다. 삶의 구조는 평범하고 보잘것없는 것이기도 하다. 때로는 비루하고 남루한 것이기도 하다. 그러나 일상의 삶은 하찮은 일들로 반복 재생되지만, 역설적으로 그러한 삶의 구조는 삶의 한 순간순간마다 새로운 것이며 소중한 것이기도 하다.

　삶은 근원적으로 보잘것없는 것이기도 하지만 우리는 그것을 긍정하고 수락할 수밖에 없는 운명이기도 하다. "세상은 잠시 머물다 가는 유랑지"(「집」)처럼 정처 없고, "꿈 못 이루는 인생길 나그네" 같이 막막하고 고단한 것이다. 이러한 삶의 모종의 비극성 속에 우리는 "살아갈 날들에 대한 소망을 듬뿍 담아 김장"(「김장하기」)을 할 수밖에 없다. 이를테면 삶이 지닌 모종의 비극성 속에 생성되는 생명의 시간이 웅크리고 있는 것이기도 하다. 삶은 쓸쓸한 것이지만 설레는 것이기도 하고, 외롭고 쓸쓸한 가운데 격렬하게 울려 나오는 "부푼 희망으로 가슴 뛰는 소리"(「물방울 소리」)일 수 있으며, 시의 소리도 역시 마찬가지이다. 시인에게 삶은 항상 비루한 가운데 풍요로운 생명을 품고 있으며, 풍요로운 가운데 남루함이 반복되는 것이다. 시인의 시에서 일상의 반복과 재생이 가져오는 외로움과 쓸쓸함은 이렇게 극적 반전을 이루는 것이다. 이에 따라 그의 삶과 시 쓰기는 어떤 대단한 것이 아닌 "변방의 꽃" "시골 변두리 같은 꽃"(「진달래꽃 같은 시」)과 같이 무한히 긍정되는 것이다.

특히 시집 제3부의 시편들은 원체험으로서의 결핍과 공포스러운 삶의 한 가운데를 견디며 건너는 시들과 다른 내질을 지니고 있다. 소소한 일상은 벗어나야 할 무엇이라기보다는 끊임없이 생을 살아있게 하는 구성 요소이며, 그런 의미에서 삶의 구체이다. 이를테면 역설적이게도 삶의 비극적인 운명의 구조와 소박하고 사소한 경험들은 삶의 세부를 증명하는 구체적 요소인 것이다. 따라서 시인이 일상에서 사소하게 경험하는 일들이나 내면의 파동들은 모두 시적인 것들을 품게 되는 것이다.

시집의 제3부를 구성하는 특징은 어떤 시적 가면을 쓰거나 위장의 수법 없이 순간의 현상적 사건을 최대한 정직한 시선으로 받아들인다. 「질투」 「설레게 하는 여자」 「그나마 건졌네」 「시어머니와 며느리」 「역행하는 여자」 등의 시가 대표적이다. 예컨대 "진짜 부부가 아닐 거야" '숙덕거리는 아주머니들'에 대해 "우린 진짜거든요!!!" (「우린 진짜거든요!!!」) 쏘아붙이는 장면이나, 막걸리 한 잔에 "얼굴이 불콰"해진 이유를 "오월은 막걸리가 장미꽃이 되는 계절"이라는 대꾸는 모두 일상을 끌어안으려는 시인의 태도에서 비롯하는 것이다. 이들 시들은 소소하고 경쾌하고 발랄하며, 때로는 가볍고 고요하게 감각해낸다. 이러한 시들은 강홍수 시인의 시의 또 다른 미적

지형을 이룬다.

일상의 소소한 경험을 가볍게 감각해내는 필법으로 인해 내면에서 우러나오는 표정이 솔직하게 표현되어 있다. 요컨대 숨김이나 감춤 없이 현상 세계의 민얼굴을 자연스럽게 담아낸다. 그것은 그의 시 쓰기가 대단한 무엇이라기보다는 현상의 진면목을 발견하는 장소로 긍정하는 태도에서 비롯하는 것이다.

아직도 번민이 깊다. 한 시인의 시가 내장하고 있는 창조적 개성과 미적 형질의 내밀한 영역, 그 도달할 수 없는 이상의 영토에 조금이나마 근접해 가고픈 글쓰기의 이상, 혹은 글쓰기의 근원적 욕망 때문이다. 그러나 오아시스를 꿈꾸며 사막을 건너는 해설자의 이상과 욕망은 번번이 좌절될 수밖에 없다. 좌절된 자리의 저편에 강흥수 시인의 시들에 대한 실체가 놓여 있을지 모를 일이다. 모든 시가 그러하듯 강흥수 시인의 시집 역시 언표화를 거부하는 천의 얼굴이 숨어 있다.